세계는 무대이고, 삶은 한 편의 노래라네.
그대는 와서, 보고, 떠나네.

데모크리토스(Demokritos, B.C. 460-370)

에피파니 필로스 후마니타스
Epiphany Philos Humanities

비극과
심미적
형성

비극적 인식의 윤리적 정당성

에피파니Epiphany는

'책의 영원성'과 '정신의 불멸성'에 대한 오래된 새로운 믿음을 갖습니다

에피파니 필로스 후마니타스
Epiphany Philos Humanities

비극과
심미적
형성

비극적 인식의 윤리적 정당성

문광훈 지음

에피파니

비극은 정말 인간을 고양시키는가?

물음 속의 전진

이 책은 소포클레스의 두 작품 『오이디푸스 왕』과 『안티고네』를, 헤겔 『미학』의 파토스(Pathos) 논의에 의지하여, 해석해본 것이다. 이러한 시도에서 필자가 가졌던 질문은 여러 가지다. 비극을 읽는다는 것은 오늘날의 우리에게 무엇을 뜻하는가? 비극적 상황에서 일어나는 갈등은 어떻게 해소되고, 이때 주체는 어떤 고민 속에서 어떻게 행동하며, 이런 행동에서 자유와 책임은 어디에 있는가? 비극적 정열은 어떻게 이성과 결합되면서 윤리적 요소를 띠게 되는가? 그래서 비극적 주체는 어떻게 '전체적 개인'으로 성장해 가는가?

연이어 나오는 이러한 물음에는, 다뤄지는 대상이 소포클레스의 비극이고 이 비극에 대한 헤겔의 분석이니만큼, 인문학에서 매우 중요한 사안들이 거의 다 내포되어 있는 것처럼 보인다. 비극적 주체의 윤리적 정당성이나, 그가 추구하는 부정적(否定的) 화해, 또 한계의식으로서의 비극적 인식은 말할 것도 없고, 비극적 삶의 목표로서의 '쾌활한 평온'도 그렇다. 그러나 이 모든 물음은 결국 하나의 문제—'비극은 독자/나의 영육적 성숙에 어떻게 심미적으로 기여하는가'로 수렴되지 않나 싶다.

1. 비극적 상황과 인간 조건

비극이란, 잘 알려져 있듯이, 단순히 옳음과 그름 사이에서 일어나는 손쉬운 갈등의 사건이 아니다. 그것은 '하나의 옳음'과 '또 하나의 다른 옳음' 사이의 착잡한 갈등이다. 그러니 어느 쪽을 선택한다고 해도 그 결과가 온전해지기 어렵다.

그런데 삶의 많은 것이, 물론 정도의 차이는 있는 채로, 이런 비극적 조건 속에 있다고 할 수도 있다. 인간은 신이 아니기 때문이다. 인간은, 그가 어떤 일을 하고 어

하나의 옳음과 또 하나의 다른 옳음 사이의 착잡한 갈등

비극과 심미적 형성

떤 마음가짐으로 어떻게 행동한다고 해도, 미진함을 피하기 어렵다. 곳곳에 과오와 불충분, 어리석음과 편견이 작용한다. 이것은 오이디푸스가 나라를 휩쓴 역병의 원인을 찾기 위해 노력하다가 결국 그 원인의 기원에 다름 아닌 자기 자신이 있다는 사실을 알게 되고, 안티고네가 자기 나라를 침공한 오빠의 장례를 치뤄선 안 된다는 국가의 명령을 어기고 가족장을 치룸으로써 처벌을 받게 되는 상황 같은 데서도 잘 드러난다.

불행이 있으면 인간은 그저 그 불행을 받아들이기도 하지만, 오이디푸스가 보여주듯이, 그 원인을 묻고 추적하기도 한다. 그러나 진실을 향한 그런 추적은 그를 성공이 아니라 파멸로 이끈다. 자기물음은 위험하다. 마찬가지로 집단의 규율이 있어도 인간은 자기규율에 우선 따르고자 한다. 혹은 집단적 규율에 따르면서도 그것이 정녕 옳은지 아니면 그른 것인지의 최종적 준거는 자기 내부에서 찾으려 한다. 그래서 그는 자기 안에서 우러나오는 내면의 목소리에 귀 기울인다. 양심은 그런 내면의 목소리를 지칭한다. 집단의 규율이나 국가 혹은 역사의 명령이 아무리 옳다고 하여도 인간을 결국 혹은 종국적으로 이끄는 것은 그 내면의 절실한 목소리다. 실존의 내면적 진실이 사회역사적 명령보다 더 강한 것이다.

불행이 있으면 인간은 그저 그 불행을 받아들이기도 하지만 그 원인을 묻고 추적하기도 한다. 진실을 향한 그런 추적은 그를 파멸로 이끌기도 한다. 자기물음은 위험하다하지만 이 내면적 진실 때문에 인간은 고초를 겪는다. 그는 진리추구의 정열 때문에 무너진다. 그러니 이런 고초와 몰락을 그는, 적어도 진실을 포기할 수 없는 한, 피해가기 어렵다. 그는 고초와 몰락을 스스로 감당해 가야 한다. 그리고 그런 감당 속에서, 스스로 부과한 진리에의 그런 책무 속에서 그는 차츰 독립적으로 되어간다. 인간은 주체적이고 독립적이고자 하면 할수록, 그리하여 자유를 갈망하면 할수록 더욱 큰 고통을 겪는다. 자신의 독립적 삶은 사실 그런 고통 속에서, 오직 그런 고통을 통해서만, 조금씩 만들어진다. 인간은 세상의 법정 이전에 자기 법정 앞에 선 채로 스스로 물으며 진리를 추구한다.

인간의 불행은 악의만큼이나 선의에서 나오기도 한다. 악한 의도가 초래한 악한 결과에 대한 제재는 분명하다. 그에 반해 선한 의도가 초래한 악한 결과에 대한 제재는 분명한가? 그렇지 않다. 그것은 모호하다. 비극적 상황의 역설적 조건 때문이다.

인간의 불행은 악의만큼이나 선의에서 나오기도 한다

2. 슬픔과 그 인식

'슬퍼한다'는 것과, '슬픔을 의식한다'는 것은 다르다. 슬픔 앞에서 사람들은 대개 슬퍼하기만 한다. 그러나 슬픔을 느낄 뿐만 아니라, 이 슬픔을 '알고' 그에 대해 '인식'한다는 것은 그 슬픔으로부터 '거리를 유지'한다는 뜻이다. 이 거리란 반성적 거리(reflective distance)다. 반성적 거리를 갖는다는 것은 슬픔을 '되돌아보고 되비추어 보면서(re-flective)' 그로부터 간격을 유지하는 일이다. 슬픔은 이 거리 속에서 차츰 객관화된다. 그래서 이 슬픔의 내용은 그저 슬픈 데 그치는 것이 아니라, 그래서 주관적 감정에 머무르는 것이 아니라, 하나의 객관화된 대상으로 옮아가는 것이다.

그리하여 반성된 슬픔은 슬픈 감정에만 갇혀 있지 않는다. 거기에는 감정에 대한 논리가 있고, 이 논리에는 이성이 작용하기 때문이다. 슬픈 감정은 이성적으로 추출되고 여과되면서 감정의 찌꺼기들—싸구려 감상(感傷)이나 한탄 같은 잉여분을 조금씩 덜어낸다. 이렇게 덜어낸 후의 슬픔은 이성화된 감정—'이성적으로 걸러진 감정'이고, 그래서 더 명징하고 정제되어 있다. 반성적 슬픔은 이성적으로 정화(淨化)된 감정이다.

반성적 슬픔은 정화된 감정이다

절제와 제어 혹은 중용의 균형감각은 어디에서나, 정신의 기율에서든 문명화된 사회에서든, 가장 근본적인 그러면서도 최종적인 덕목이라고 할 수 있다. 감정은 반성적 거리 속에서 감정과 이성이 상호작용하는 가운데 좀더 이성적으로 조직되고, 이성은 좀더 감성적으로 구조화된다. 삶에 대해, 그리고 현실과 인간에 대해 우리가 좀더 높은 수준의 명료한 관점을 얻게 되는 것은 감성과 이성의 이런 상호작용, 이 작용을 통한 더 높은 명징성의 태도 덕분일 것이다. 이 같은 정련화 훈련에 아주 좋은 반성적 자료가 되는 것이 비극, 특히 그리스 비극이다.

3. 비극은 하찮은 얘기 아닌가?

그러나 이 대목에서 우리는 묻지 않을 수 없다. 비극은 정말 인간을 고양시키는가? 비극적 상황 앞에서 인간은 자신의 정열을 이성적으로 단련시킬 수 있는가? 그래서 그의 파토스는 로고스로 점차 정화되는가? 그는 비극 속에서 자신의 성격을 단련하고, 자기결정의 자유와 책임 속에서 삶의 더 넓고 깊은 지평으로 나아가는가? 오늘날의 파편화된 현실에서 비극은 과연 유효한가?

비극은 정말 인간을 고양시키는가? 오늘날의 파편화된 현실에서 비극은 과연 유효한가?

비극과 심미적 형성

만약 이 물음에 '그렇다'고 대답할 수 있다면, 여기에는 여러 가지 믿음이 전제되어 있다. 작게는 인간에게 그 나름의 '의식'이 있고, 이런 의식을 통한 '정체성(identity)'이 있으며, 이 정체성을 끌고 가는 '자유'와 '자율'의 의지, 그리고 이런 자유의지 아래 그가 점차 '선'해질 수 있다는 생각이 깔려 있다. 거기에는 크게는 인간이 이성적 존재로서 삶과 사회를 점차 개선해갈 수 있다는 신뢰가 들어있고, 더 크게는 역사의 진보와 발전에 대한 의지, 그리고 휴머니즘의 사상이 포개어져 있다.

그러나 삶의 비극은, 혹은 어떤 비극은 이 모든 믿음이나 가정을 손쉽게 무너뜨릴 수 있을 혹독하다. 이 비극 앞에서는 그 어떤 신념이나 의지도 아무것도 아닌 것일 수 있다. 누구도 '나라면 다르게 행동했을 텐데'라고 말할 수 없는 고통의 순간이나 계기가 삶에는 허다하지 않는가? 이 가혹한 현실에서 우리는 '윤리적 성숙'이나 '존재의 고양' 같은 말을 쉽게 꺼내기 어렵다. 울음이 흐느낌으로 변하고, 말이 침묵으로 끝나며, 하나의 응시가 고개 숙임으로 이어지는 것도 그런 이유에서인지도 모른다. 그 점에서 고통은 윤리를 넘어선다. 그렇듯이 비극은 어떤 경우 실존의 고양과 무관할 수 있다. 비극 역시, 어떤 삶의 바닥에서는, 하찮은 이야기에 불과하다. 그러니 어떻게 성숙과 진보를 미리 말할 수 있겠는가?

나는 비극 앞에서 두려움을 느낀다. 그렇듯이 모든 멋들어진 말들 — '성숙'이나 '진보', 혹은 '자유의지'나 '휴머니즘' 같은 말이 버겁다. 인간은 삶의 운명과 현실의 우연성으로부터 완전히 해방될 수 없을지도 모른다. 아마도 세상의 궁극적 진리는 인간을 떠난 진리일 것이다. 인간 종은 그 스스로 생각하는 만큼 그리 중요하지 않다고 말해야 할 것이다.

4. 한계의식적 갱신

그러나 이런 근본적 모순에도 불구하고 한 움큼의 회한은 남는다. 이 회한은 아쉬움일 수도 있고, 쓸데없는 미련일 수도 있으며, 어쩌면 비극에 대해 아직은 포기할 수 없는 실낱같은 기대일 수도 있다. 아니 비극에 대한 기대가 아니라, 인간에 대한 염원에 가까울 것이다. 아마 이 비극론에서 내가 담고자 했던 것은 이런, 사실적으로는 불가능하지만 관념적으로는 가능할 수도 있는, 그리하여 언젠가 가능하리라는 절실한 염원으로 희구하는 것들이다.

비극과 심미적 형성

글을 읽는다는 것 그리고 쓴다는 것은 그 자체로 희망을 갈구하는 일이자 그 표현이다. 시오랑(E. Cioran)의 도저한 비관주의는 널리 알려져 있지만, 그리고 그런 점에서 그는 베케트(S. Beckett)와 비슷하지만, 그는 회의주의가 휴머니즘의 파괴가 아니라 그 진정한 후원자(true benefactors)라고 쓴 적이 있다. 나는 비극에서 경험하는 한계의식적 자각으로 인간이, 삶의 고통과 이율배반에도 불구하고 자신을 내팽개치지 않은 채, 그 옳음에 의지하여 한 걸음 한 걸음씩 나아가기를, 그래서 윤리적으로 조금씩 정당화되기를 바란다. 그리고 윤리적으로 옳은 그 길이, 무수한 좌절과 자기기만에도 불구하고, 있다고, 아니 있을 것이라고 믿고 싶다. 이것은 삶에 대한 내 나름의 성의(誠意)다. 인간에게 진보가 있다면, 그것은 한계극복이 아니라 한계응시의 성의에서 시작될 것이다.

나는 인간의 삶이 우스꽝스런 연극 같은 것이 되기를, 그래서 싸구려 추문이 되는 걸 바라지 않는다. 우리의 영혼과 육체가 무너져도 삶은 계속될 것이다. 고통보다, 그리고 심지어 비극보다 오래가는 것은 바로 이 삶일 것이다. 그러니 이 삶의 나날이 아무러한 것이 되어선 곤란하다. 고대 그리스 비극은 인류의 문화자산 가운데 가장 걸출한 하나이지만, 그리고 이 비극을 나는 좋아할 뿐만 아니라 경외하지만, 그러나 비극보다 중요한 것은 지금의 삶이고 이런 삶의 원칙이다.

나날의 삶은 마땅히 즐겁고 경쾌하며 활기찬 것이어야 한다. 삶의 이 같은 원칙은 우리가 지금의 생활을 끝없이 쇄신해가는 데서 좀더 바르게 정립될 수 있을 것이다. 삶이 의미 없는 비극에 불과하다고 해도, 또 무의미란 삶에 의미를 부여하려는 인간의 속성에서 야기된다고 해도, 이런 무의미를 줄일 수 있는 하나의 방법은 있을 수 있는 의미에 대한 환상을 깨뜨리는 것 — 탈환상화(disillusionment)에 있을 것이다. 탈환상화란 쇄신이다. 비극은 그런 쇄신을 경험케 한다. 나는 헤겔이 말한 "정당한 향유의 정신적 쾌활함(geistige Heiterkeit eines berechtigten Genußes)"을 떠올린다.

5. 형성 – 조용하고 유쾌한 기쁨

우리의 향유는 '올바른' 것이어야 하고, 이 올바른 즐김은 '쾌활한 정신'을 유지하는 데 있다. 비극은 이 유쾌한 정신을 유지하는 데 도움된다. 그것은 한계조건의 직시 속에서 감각과 사고를 끊임없이 쇄신시켜주기 때문

비극과 심미적 형성

이다.

삶의 고통은 외치거나 고함지른다고 하여 풀어지는 게 아니다. 물론 그럴 때도 가끔 있을 수 있다. 그러나 그러한 해소법은 오래가지 못한다. 오히려 고통은, 마치 슬픔이 선율 속에서 노래가 되듯이, 적절하게 여과될 때 더 높은 단계로 변화한다. 이 적절할 여과의 과정이 곧 비극적 승화의 과정이다. 고통은 이렇게 정화되어야 한다. 이러한 정화과정을 통해 비극적 주체는, 헤겔이 썼듯이, 운명에 굴복하여 실패할 수도 있지만 그 목표는 잊지 않고, 심지어 죽어가기도 하지만 자유는 잃지 않는다. 그는 고통 속에서도 고요한 쾌활성은 견지할 것이기 때문이다. 그리하여 고요한 쾌활 속에서 우리는 더 높은 영혼의 상태로 옮아갈 수 있다. 아니, 그렇게 옮아갈 수 있을 것이라고 나는 생각하고 또 희구한다.

현실과의 싸움에서 패한다고 해도, 언어와 현실의 간극이 불가피하다고 해도, 또 내가 나를 다스리지 못해 악함과 우둔에 때때로 짓눌린다고 해도, 그래서 성숙과 발전에 대한 믿음이 환상에 불과하다는 것을 인정해야 할 때조차도, 내가 살아가고 살아가야만 하는 이유를 저버릴 수는 없을 것이다. 그 이유란 자기기만의 참담함에도 불구하고 다시 시작하는 용기에 있다. 이 쇄신의 시도에

> 비극적 주체는 운명에 맞서 그리고 운명에 따라 실패하거나 죽어가기도 하지만 결코 자유는 잃지 않는다

는 기쁨이 있고, 자유가 있다. 쇄신의 기쁨에서 갖는 자유의 느낌이 나를 마침내 살게 한다. 삶은 아마도 이 기쁨 — 제 삶을 살아가고 주인으로 이끌어가며, 그럼으로써 그 나름의 현존형식을 만들어가는 데 있을 것이다.

삶의 궁극적 이유는 주체적 형성의 창조적 기쁨에 있을 것이다. 이 기쁨은 소란스럽다기보다는 조용하고, 유쾌하지만 경박하지 않을 것이다. 비극적 주체의 윤리적 정당성은 고요한 쾌활 속에서 삶을 만들어가는 데 있다. 인간이 참으로 자유로운 존재인지, 아니면 자유라는 기만과 환상 속에 살고 있는 존재인지 우리는 계속 물어보아야 한다. 인간에게 만약 자유가 있다면, 이 조용한 기쁨은 그 자체로 자유의 경험이 되지 않을까? 그래서 평생토록 배울 만한 일이 되지 않을까? 일평생 배우는 자의 활기에 견줄 만한 기쁨은, 아마 인간의 삶 안에서는, 달리 없을 것이다.

책을 읽는다는 것은 삶의 조건을 돌아보는 일이다. 비극을 읽는다는 것은 삶의 비극적 조건 속에서 비극적이지 않을 어떤 다른 가능성 — 인간의 자유와 그 존엄성을 헤아리는 일이다. 나는 이 비극론이 소포클레스의 문학이나 헤겔의 사유에 대한 작은 안내이면서 그 자체로 심미적 경험의 과정이길 바란다. 이 두 거장을 읽고 그에 대해 쓰면서 나 역시 그런 즐거운 경험을 했기 때문이다. 다른 현실의 가능성에 대한 탐구도 지금 여기의 행복을 희생시키지 않는 가운데 추구되어야 한다.

2018년 6월 문광훈

차례

에피파니 필로스 후마니타스
Epiphany Philos Humanities

비극과
심미적
형성

제1부

비극적 주체의 윤리적 정당성

비극적 주체의 윤리적 정당성

인간의 행동에는 많은 요소가 착잡하게 얽혀있다. 그래서 여러 주제와 방향에 따라 다양한 질문을 던질 수 있다. 어떤 사건이 일어났는가? 그가 처한 상황은 어떠한가? 그는 어떤 행동을 하고, 그렇게 행동할 때 그 결과를 짐작하는가? 아니면 전혀 알지 못하는가? 그의 선택과 판단은 정당한가? 그 행동에 잘못이 있다면, 그것은 무엇 때문인가? 그는 어떤 책임을 져야 하는가? 이 책임은 그가 행한 부분에만 해당하는가? 아니면 그와 관계없이 그 결과를 전부 짊어져야 하는가? 그리고 무엇보다 이러한 선택과 행동 그리고 책임에서 드러나는 삶의 실존적 조건은 무엇이고, 인간행동의 윤리적 가능성은 무엇인가?

헤겔 『미학』에서 펼쳐지는 비극 분석은 바로 이러한 문제를 다루고 있다. 그러나 이것 역시 여러 개념 아래 다양하게 나뉘어 있다. 이 글에서는 그 가운데서도 '과토스(Pathos)ʼ개념에 집중하고자 한다. 즉 헤겔『미학』에서의 파토스 개념을 체계적으로 고찰한 후, 이 개념이 소포클레스의 비극『오이디푸스 왕』에서 어떻게 나타나는지를 다루고자 한다. 그러나 파토스 개념이 행동과 갈등, 결단과 윤리 등에 긴밀하게 이어져 있는 한 관련되는 사항을, 적어도 그것이 중요한 것이라면, 언급하지 않을 수 없다. 또 이런 요소들은 비극이라는 장르에서뿐만 아니라 문학과 예술 일반의 관점에서 보더라도 핵심이 아닐 수 없다.

1. 상황 – 행동 – 선택 – 충돌

비극에는, 완전히 같지는 않다고 해도, 일정하게 틀지을 수 있는 절차와 순서가 있다. 제일 먼저 언급해야 할 요소는 상황일 것이다. 어떤 상황 속에서 인물과 인물이 움직이고, 이 인물들은 제각각의 감정과 지향, 가치와 이념을 갖고 있다. 사건은 이런 상황 속에서 터진다. 그러니까 사건이란 늘 상황 속의 사건이다. 또 상황이란, 그것이 인간에 의해 매개되어 있다는 점에서, 실존적으로 조건 지어진다.

비극과 심미적 형성

이 실존적 상황에서 어떻게 판단하고 어떤 선택을 하는가에 따라 그의 '성격'이 정해진다. 성격을 추동하는 것은 감성과 이성이지만, 이 두 요소 가운데서도 감성적 요소, 즉 정열이 더 직접적으로 작동한다고 볼 수 있다. 주체의 정열은 외적 상황의 조건에 들어맞기도 하고, 어긋나기도 한다. 사실 대부분의 경우 어긋난다고 해야 할 것이다. 그것이 바로 '충돌'이다. 이런 시각에서 비극 『오이디푸스 왕』을 살펴보자.

『오이디푸스 왕』에서 문제가 되는 사건은 나라에 역병(疫病)이 나돈다는 기본 사실이다. 대지의 꽃과 나무는 싹과 잎을 띄우지 못하고, 소와 양도 자라나지 못하며, 수많은 사람들은 알 수 없는 병으로, 동정도 문상도 받지 못한 채, 죽어간다. 그리하여 구원을 바라는 기도와 죽은 자를 위한 곡소리가 온 나라에 가득하고, 눈물과 신음이 점차 늘어난다.

이 불행한 상황에서 테바이의 왕 오이디푸스는 어떻게 나라를 구할 수 있는지를 처남인 크레온으로 하여금 알아보게 한다. 크레온이 전해온 신탁은 이렇다. 선왕 라이오스가 살해되었으니 그 살인자를 찾아내어 벌을 준다면, 온 나라의 재앙이 치유될 것이라고 한다. 그러자 오이디푸스는 이렇게 말한다.

그것은 '내게' 달렸소. 그 근원에서부터 내가 폭로할 것이오. 그대들이 고인을 위해 그렇게 참여해준 것은 당신에게도 그러하듯이 아폴론께도 적절하였소.

그리하여 그대들은 내가 권리를 가지고 있다는 걸 알 것이고, 나는 이 나라와 신을 위해 복수할 것이오. 멀리 있는 벗들을 위해서가 아니라, 내 자신을 위해 그 오욕을 쫓아낼 것이오.

왕을 죽인 자라면, 그는 필시 복수욕에 불타 나의 목숨도 앗아가려 할 것이오. 그러니 그분을 돕는 것은 곧 나 자신의 안녕을 위한 것이오…

테베의 사람들을 모두 불러 모으시오!

나는 끝까지 갈 것이오! 그러면 곧 신이 우리에게 허락하는 것이 무엇인지, 행복이든 몰락이든, 밝혀질 터이니.

오이디푸스와 그 외 인물을 구분짓는 것은 왕위 같은 자리나 위치, 신분이나 재산만이 아니다. 그것은 그의 의지와 삶의 목적이기도 하다. 그는 다른 사람들과는 달리 역병의 원인에 대해, 선왕이 죽은 이유에 대해 진실을 알아내고자 한다. 그것은 앎에의 의지이고, 진실을 향한 의식이다.

오이디푸스 말에서 강조되는 것은 자신의 의지 — 사

실의 실체를 밝히려는 주체적 의지다. 그는 실체의 폭로가 '자신'에게 달렸고, 그래서 "그 근원에서부터 내가 폭로할 것"이라고 선언한다. 그리고 "그분을 돕는 것은 곧 나 자신의 안녕을 위한 것"이니, "테베의 사람들을 모두 불러 모으라"고 지시한 후, "나는 끝까지 갈 것"이라고 단언한다. 오이디푸스를 움직이는 것은, 헤겔이 적절하게 지적하듯이, "깨어 있는 의식의 권리이고, 인간이 자의식적 의지를 가지고 수행하는 일의 정당성"이다. 그러면서 그의 개인적 행위는 '나라'나 '신'과 일치된 것으로, 적어도 그 자신에게는, 여겨진다. 이렇듯이 그리스 비극의 인물이 지닌 한 특징은, 헤겔의 해석이 그러한데, 개체성과 전체성이 하나로 이어져 있다는 점이다.

이렇게 선언한 후 오이디푸스는 자기 혼자만 원인규명을 할 수 없으니 테바이의 모든 백성들이 도와달라고 공표한다. 그래서 라이오스 왕이 누구에게 살해되었는지를 알려준다면 그렇게 알려준 자에게 상을 내릴 것이고, 범행을 자수한 자에게는 아무런 피해 없이 이 나라를 떠나게 해주겠다고 말한다. 그러면서 이렇게 덧붙인다. "만일 그자(살인자: 역자 보충)를 내가 알고도 내 집의 화롯가에 앉아 있게 된다면, 그 저주가 '나'에게도 향해서, 방금 내가 '그에게' 퍼부은 일이 내게도 일어나기를!"[1]

놀라운 일이다. 그는 이러한 자기선언이 다름 아닌 바로 자기 자신에게 저주가 되어 일어날 것이라는 것을 알고 있을까?

이때 테이레시아스가 등장한다. 그는 눈먼 예언자로서 죽은 선왕의 속마음을 가장 잘 알 뿐만 아니라 하늘과 땅에서 일어나는 모든 것을 통찰하는 능력을 가진 것으로 알려져 있다. 그런데 그가 오이디푸스 앞에서 하는 말은 첫마디부터 의미심장하다. "슬프고 슬프도다! 통찰을 가진 자에게 그 통찰이 아무런 도움이 되지 않는다면, 그 통찰이란 끔찍한 것이다."[2] 하지만 오이디푸스는 이 말의 뜻을 알지 못한다. 그래서 왜 그런지 묻는다. 그러나 테이레시아스는 대답 대신 집으로 보내달라고 간청한다. 그러면서 그렇게 이유를 알려는 시도 자체가 오이디푸스를 파멸로 인도할 것이라고 경고한다. 예언자의 이런 경고에 왕이 화를 내는 것은 당연하다. 그러자 테이레시아스는 이렇게 덧붙인다.

> "올 것은 오고 맙니다. 내가 침묵한다고 해서 아무것
>   도 변하지 않아요."
> "왜냐하면 당신 자신이 이 나라를 더럽힌 바로 그 범
>   인이기 때문이오!"

비극과 심미적 형성

"그대가 찾고 있는 살인자가 바로 그대란 말이오."

"그대는 가장 가까운 사람과 동거하고 있다는 것을, 그것이 그대의 대단한 수치임을 알지 못하는군요."[3]

테이레시아스의 전언은 직접적이다. 그는 에둘러 얘기하는 것이 아니라 바로 그—오이디푸스가 있는 바로 눈앞에서 그가 '범인'이라고 통보한다. 이 말에 오이디푸스 왕은 처음에 화를 낸다. 그리고 그 말이 무슨 뜻인지 다시 묻는다.

하지만 더 이상 대답이 없자, 오이디푸스 왕은 자신을 살인자로 몰고 가는 예언자를 불경하다고 호통치면서, 그 예언이 이욕에 눈먼 탓에 나온 것으로 간주해버린다. 마치 크레온이 오이디푸스를 왕의 자리에서 내쫓으려 한 것처럼. 이 돌팔이 설교사도 권력에 눈이 멀어 시기하고 있다고 그는 여기는 것이다. 그러나 테이레시아스는 자신의 단호한 입장에 변함이 없다.

"그대는 왕이지만, 나도 답변을 할 똑같은 권리를 가졌소. 그 점에서 당신과 나는 같소.

나는 '그대'의 종이 아니라, 록시아스의 종이고, 따라서 크레온의 후원을 받을 필요가 없소.

"그대는 왕이지만, 나도 답변을 할 똑같은 권리를 가졌소. 그 점에서 당신과 나는 같소."

눈멀었다고 하여 나를 비난하는데, 당신은 그 예리한 시선을 가지고도 당신이 얼마나 깊게 빠졌는지, 당신이 같이 사는 사람이 누구인지를 보지 못하오.

또 당신이 어느 가계에서 왔는지 당신은 아오? 당신은 저 아래에 그리고 저 위에서 사람들에게, 모르는 사이에, 적이라오. 이제 왼쪽 오른쪽에서, 아버지에게서 또 어머니에게서 '저주'의 채찍이 당신 뒤꿈치를 내리쳐, 이 나라 밖으로 몰아낼 것이오…

지금까지 지상의 그 어떤 인간도, 그대만큼 비참한 악행 속에 부서질 자는 없을 것이오." [4]

테이레시아스의 예언은 가혹하기 그지없다. 그것은 전례 없는 비참이 오이디푸스에게 곧 닥칠 것이라고 말한다. 오이디푸스의 과오는, 이 예언자의 지적에 따르면, 자기 자신을 모르는 데 있다. 이때 자기를 안다는 것은 자기가 누구이고, 누구와 사는지 그리고 누구의 자손인지를 아는 것이다. "당신은 그 예리한 시선을 가지고도 당신이 얼마나 깊게 빠졌는지, 당신이 같이 사는 사람이 누구인지를 보지 못하오. 또 당신이 어느 가계에서 왔는지 당신은 아오?" 이것을 모른다면, 그는 다른 누구가 아니라 그 자신에 대한 적이 된다. 바로 이런 무지 때문

비극과 심미적 형성

에 오이디푸스는 운명의 채찍에 휘둘리며 자기 나라에서 쫓겨나게 된다.

오이디푸스의 죄는 어디에 있는가? 그는 자신이 죽인 아버지가 아버지임을 알지 못했고, 그런 점에서 그것은 정당방위였다. 어머니와의 결혼 역시 그는 알지도 못했고, 의도하지도 않았다. 그런 점에서 죄가 없는 것이다. 대체 어느 재판관이 그에게 유죄선고를 내릴 수 있는가? 하지만 그럼에도 '아버지 살해'라는 객관적 과오를 저지른다는 점에서 그는 죄인이지 않을 수 없다. 그리하여 "죄 없는 죄"라는 역설상태에 빠진다.[5] 그는 한 나라의 가장 강력한 왕이면서도 아버지를 죽이고 어머니와 결혼하는 처참하기 그지없는 무기력 상황에 빠진다. 그는 죄와 무죄, 좋은 것과 나쁜 것, 권력과 무기력의 변증법적 동일성이라는 인간 실존의 근본적 난관에 처한다.

죄와 무죄, 존재와 비존재 사이의 이 아포리아는 오이디푸스에게 하나의 장애이고, 이 장애의 핵심에는 자기무지가 자리한다. 주체가 상황 속에 불리하게 자리할 때, 그래서 그 행동의 가능성이 제약될 때, 현실은 장애물이 된다. 이제 대립은 필연적으로 된다.

그러나 대립하면서 서로 충돌하는 것들은 그 자체로 진리이기 어렵다. 대립과 모순은 해소되고 지양되어야 하기 때문이다. 진리란 대립과 모순의 지양형식이다. 그리하여 진실한 삶의 과정은 곧 모순해소의 과정이 된다. 이 모순적 상황에서 주체는 쉽게 선택하기 어렵다. 그럼에도 결정은 내려야 한다. 선택과 결정은, 마치 대립처럼, 갈등적 상황에서 불가피하다. 비극적 대립은 상황과 주체 사이에서도 일어나고, 상황 속에 자리한 한 개인과 다른 개인들 사이에서도 일어난다. 그러나 이때 선악이나 진위의 경계는 분명하지 않다.

충돌하는 것은 하나의 허위와 하나의 진실이 아니다. 그것은 하나의 진실과 또 다른 하나의 진실 사이에서 일어난다

역병의 원인을 규명하려는 오이디푸스의 행위가 나라 전체의 안위와 질서를 위한 것인 한, 그는 정당하다. 마찬가지로 테이레시아스의 예언도, 그 역병의 원인으로서의 라이오스 시해가 다름 아닌 오이디푸스에 의해 행해졌다는 사실을 지적하고 있기에, 옳다. 그리하여 비극에서 충돌하는 것은 단순히 하나의 허위와 하나의 진실이 아니다. 그것은 오히려 하나의 진실과 다른 하나의 진실 사이에서 일어난다. 그렇다면 이 각각의 진실은 완전한 정당성이 아니라 부분적 정당성이라고 해야 한다. 부분으로서의 한 진실과 부분으로서의 또 하나의 진실이 서로 싸우는 것이 비극적 상황인 것이다. 이렇게 해서 갈등은 점점 격화된다.

그러나 오이디푸스는 이 갈등을 피하지 않는다. 그는

비극과 심미적 형성

이 갈등과 정면에서 맞닥뜨리고, 또 그렇게 맞닥뜨리고자 한다. 참된 위대성은, 헤겔이 썼듯이, 이런 대립으로부터 나오기 때문이다.

> "왜냐하면 위대함과 힘은 참으로 대립의 위대함과 힘에서 재어질 수 있고, 이 대립으로부터 정신은 자기 자신과의 통일 속으로 다시 결합되기 때문이다. 주체성의 강렬성과 깊이는, 상황이 그만큼 더 끝이 없고 끔찍하게 어긋나고, 모순이 그만큼 비통하면 할수록, 더 많이 나타난다. 주체성은 이 모순 속에서 그럼에도 확고하게 자기 자신으로 머무른다. 오직 이런 발전 속에서만 이념과 이상적인 것의 힘은 보존된다. 왜냐하면 힘은 오직 자기의 부정 속에서 스스로를 유지하는 데 있기 때문이다."[6]

대립 속에서 이 대립을 피하는 것이 아니라 이 대립과 대결하는 가운데 "주체성의 강렬성과 깊이"는 얻어진다. 그 방식은 상호모순된 이중성 속에서 일어난다. 즉 그것은 한편으로 자기를 부정하면서, 다른 한편으로 자기를 보존하는 데 있다. 그래서 이중적이다. 주체의 위대한 힘은 "오직 자기의 부정 속에서 스스로를 유지하는 데" 있는 것이다.

자기 부정 속에서 자신을 유지한다는 것은, 다른 식으로 말하여, 모순 속에서 이 모순을 견디면서 자기를 견지한 채 살아가는 일이다. 바로 이러한 점에 인간의 위대한 점이 있다고 헤겔은 보았다. "왜냐하면 인간이란 많은 것들의 모순을 자기 안에 간직하고 있을 뿐만 아니라 견디며, 그 견딤 속에서 스스로 한결같이 충실하게 머무는 존재이기 때문이다."[7]

2. "죄 없는 죄" – 앎의 의지와 그 한계

여기에서 우리는 비극적 행동을 구성하는 것이 하나의 정당성과 또 하나의 부당성 사이의 싸움이 아니라 '서로 다른 두 가지 정당성 사이의 싸움'이라는 점을 확인한다. 어느 한쪽이 완전히 잘하고 다른 한쪽은 완전히 잘못한 것이 아니라, 양쪽 사이에 그 나름의 정당성이 있는 것이고, 그러니 만큼 그 각각에는 부당함도 없지 않다. 그러니까 대립은 하나의 부분적 정당성과 또 하나의 부분적 정당성 사이의 대립인 것이다. 그것은 모순이자 역설이 아닐 수 없다.

『오이디푸스 왕』에서 나오는 인물들의 탄식은 이런

역설의 필연성을 에워싸고 돈다. 오이디푸스의 탄식은 특히 그렇다. "오이디푸스: 자네는 내게서 강인함을 보지만, 그 강인함을 조롱하게! 테이레시아스: 이런 재능에 당신은 이제 파멸해갈 것이오."[8] 강인함은 오이디푸스에게 칭찬할 만한 자질이면서 조롱의 대상이다. 그가 파멸해가는 것은 그의 무능이 아니라 오히려 그 "재능"— 삶의 진실을 알려는 인식에의 의지 때문이다. 가치의 이율배반성이 그를 추락시키는 것이다. 그러나 비극적 사건은 아직 완결되지 않았다.

라이오스 왕의 피살사건을 둘러싼 인물들의 대립은 시간이 흐르면서 더 격화된다. 오이디푸스는, 크레온으로부터 자기가 라이오스 왕의 살해자라는 말을 들은 후, 경악하면서도 그 원인을 이전보다 더 집요하게 추궁한다. 이때 왕비 이오카스테가 등장한다. 그녀는 라이오스 왕에게 내린 적이 있는 신탁의 내용을 오이디푸스에게 알려준다. 그것은 라이오스 왕과 이오카스테 사이에 난 아들의 손에 아버지가 죽게 되리라는 것이었고, 이 재앙을 피하기 위해 아들은 태어난 지 사흘도 되지 않아, 두 발이 묶인 채, 인적 없는 산에다 내버려졌다는 사실이었다.

이 말을 듣고 오이디푸스는 알 수 없는 불안에 떤다.

그가 어릴 때 버려진 후 살게 된 나라는 코린토스였고, 이 코린토스의 왕 폴리보스와 왕비 메로페의 보살핌 속에서 그는 이 두 사람을 부모로 여기며 살아왔는데, 어느 날 어떤 낯선 사람으로부터 이 나라의 왕이 그의 아버지가 아니라고 들은 적이 있었기 때문이다. 그래서 왕에게 직접 여쭤본 바, 그는 아무런 대답도 듣지 못한다. 그 후 그는 아폴론으로부터 이런 예언을 듣는다. "내가 어머니와 동침을 하게 될 것이고, 그 어떤 사람도 견딜 수 없는 자식을 세상에 보여주게 될 것이며, 내가 내 진짜 아버지의 살해자가 될 것이다."[9]

이 같은 예언이 무서워서 오이디푸스는 결국 코린토스를 떠난다. 자기 아버지를 죽이고 어머니를 범하지 않기 위해 그는 살던 집을 떠나 가능한 한 멀리로 벗어나는 것이다. 그런 그가 어느 길목에서 마차에 탄 라이오스 왕을 죽이게 된 것은 이 무렵이었다.

그 뒤 만난 한 심부름꾼으로부터 오이디푸스는 정말로 폴뤼보스가 그의 아버지가 아니라는 사실을 더 분명한 어조로 듣는다. 이제 많은 것이 밝혀졌다. 그럼에도 그는 더 자세히 알기 위해 출생의 비밀을 계속 따져들고, 이오카스테는 이제는 더 이상 묻지 말라고 애원한다. 이오카스테는 이미 이런 재앙의 내용을 다 가늠했기 때문

비극과 심미적 형성

이다. 그녀와는 달리 앎에 대한 오이디푸스의 의지는, 몇

가지 밝혀진 사실에도 불구하고, 사그라들지 않는다. 그
의지는 역병의 원인에 대한 탐색이고, 출신에 대한 호기
심이며, 진실에 대한 갈구다. "내가 나의 출신을 알 때까
지 나는 그것을 설명하지 않을 수 없소." "내 출신이 비
천하다고 해도 결심했소. 그것을 알아내지 않으면 안 된
다고."[10]

그러나 그 결과는 참으로 혹독하다. 늙은 목자(牧者)
로 등장한 사람은 이전에 라이오스 왕의 하인이었다. 이
전의 한때 이오카스테 왕비는 한 아이를 건네주면서 이
아이를 죽이라고 그에게 명령한 적이 있다. 하지만 이 아
이가 너무나 가여웠기 때문에 그는 왕비의 말을 거스르
고, 누군가에 양자로 키우라며 건네준다. 그렇게 해서 오
이디푸스는, 앞서 언급한 대로, 코린토스 왕국 안으로 들
어간 것이다. 마침내 오이디푸스는 이 모든 사실을 알고
서는 탄식한다.

"오오, 모든 것이 분명한 결말에 이르렀네!
햇빛이여, 내가 보는 것도 마지막이길.
나는 아무도 원치 않는 사람에게서 태어나고,
아무도 해선 안 될 사람과 결혼하고,

내가 결코 해선 안 될 사람을 죽였구나!"[11]

이 전대미문의 재앙 앞에서 이오카스테는 결국 자살하고 만다. 그녀는 죽은 라이오스 왕의 이름을 부르면서, 이 왕을 죽인 자가 다름 아닌 자기 아들임을 깨닫고는 세상과 하직한 것이다. 오이디푸스 역시 이 일에 충격받고, 자기 눈을 스스로 찌른다. 이것은 사건의 끔찍함에 대응하는 인간 행동의 끔찍함이다. 이것은 광기 없이 불가능하다.

우리가 묻는 것, 알고 싶어하고 보고 싶어하는 것들은 이렇듯이 우리를 정상의 경계 너머 광기의 상태로 끌고 간다. 그리고 비극적 사건 속의 이 모든 불운은 종국적으로 하나의 먼지로 사라진다. 그리하여 결론 장면은 이렇다.

"합창 우두머리: 눈의 빛을 꺼버리는 그 끔찍한 행동에의 용기는 어디서 나왔습니까? 어떤 신이 그렇게 하도록 당신을 운명지었습니까?
오이디푸스: 그는 '아폴론'이라오. 아폴론, 그가 내게, 내 친구들이여, 그 끔찍한 일을, 정말이지 그 모든 끔찍한 일을 저질렀다오! 하지만 나를 찌른 것은 타인의 손이 아니라, 내 스스로 그렇게 하였소.
무엇을 아직 더 봐야 한단 말이오! 즐거운 일이 더

"나를 찌른 것은 타인의 손이 아니라 내 스스로의 손이다"

이상 없는데, 눈이 봐야할 게 뭐란   말이오? (…) 아직도 볼 만한 것이 무엇이오? 친구들이여, 내가 무엇에 더 매달려야 하오? 어떤 속삭임이 내 귀를 즐겁게 할 수 있는지 말해보오?

아니오, 가능한 한 빨리 나를 이 나라 밖으로 데려다 주오!

아, 사랑하는 친구여, 나, 불행한 자를 멀리 데려가 주시오! 지금까지 인간에게 있었던 것 가운데 가장 무거운 저주와 가장 심한 신의 미움을 받은 나를.

합창 우두머리: 오, 그대는 가엾은 자. 그토록 많은 불행에도 불구하고 그토록 많은 정신의 힘을 지닌 자여! 하지만 내가 당신을 몰랐더라면 더 좋았을 것을!"[12]

『오이디푸스 왕』의 결말에서 두드러지는 것은 오이디푸스가 처한 불행의 유례없는 폭과 깊이이지만, 더 중요한 것은 그 행위의 자발성이다. 자기 눈을 찔러 스스로 빛을 차단하는 것은 "끔찍한 행동"이고, 나아가 "끔찍한 행동에의 용기"이다. 이 일을 주관한 것은, 작품 안에서 보면, 아폴론이다.

그러나 오이디푸스는 외친다. "그 끔찍한 일을, 정말이지 그 모든 끔찍한 일을 내게 저질렀다오! 하지만 나를 찌른 것은 타인의 손이 아니라, 내 스스로 그렇게 하였소." 사태의 진실을 알겠다는 그의 자발적 의지는 "지금까지 인간에게 있었던 것 가운데 가장 무거운 저주와 가장 심한 신의 미움"을 초래한다. 진실은 이렇게 초래된 미움의 결과다. 하지만 이 비극적 결과에 대해서도 오이디푸스는 스스로 눈을 찌름으로써 대응한다. 이 행위의 일관성 ─ 진실에의 의지를 수행하는 실천의 일관성은 연민할 만하다. 거기에는 "그토록 많은 불행에도 불구하고" "그토록 많은 정신의 힘(soviel Geisteskraft bei soviel Unglück)"이 자리하는 것이다.

진실에의 의지를 수행하는 실천의 일관성에는 "그토록 많은 불행에도 불구하고 …… 그토록 높은 정신의 힘"이 자리한다

결국 소포클레스가 『오이디푸스 왕』을 통해 강조하는 것은 책임 있는 행동의 자발성과 이 자발성을 위한 정신의 힘이 아닌가 여겨진다. 이 자발성도 물론 지나치면, 모든 것이 그러하듯이, 병폐에 빠진다. 불경(不敬)이나 불법 혹은 교만은 소포클레스가 거듭 경계하는 악덕의 목록이었다. 그러나 그럼에도 오이디푸스를 위대하게 만드는 것은 책임 있는 행동의 자발적 실행이 아닐 수 없다. 이런 자각적 실천이 있기에 그는 새로운 왕 크레온 앞에서 이오카스테 왕비의 장례를 치러달라고 부탁한 후 이렇게 말한다. "'나'를 멀리 떠나게 해주어서, 내가 살아 있는 동안 이 조국의 성 안으로 들어오지 않도록 해주게! 대신 내가 산에서 있도록 해주게!"[13]

비극과 심미적 형성

그리하여 오이디푸스는 나라를 떠난다. 이런 자의식 그리고 그 결과로서의 자발적 추방 속에서 그는 자기 길을 간다. 테바이의 고귀한 아들로 태어났으나 가장 저주받는 인간으로 전락하고, 이 같은 전락 속에서도 그는 운명에 굴하기보다는 운명의 심연 속으로 걸어 들어간다. 그럼으로써 그는 마침내 자유의 인간임을 증명한다. 그러나 이때 자유라는 것은, 다시 한 번 더 강조하여, '운명 속의 자유'다. 오이디푸스가 위대한 것은, 그가 불가침의 신탁내용을 알려는 자유의지를 가졌기 때문이고, 그가 불행한 것은 그런 고결한 시도에도 불구하고 파멸해 가기 때문이다.

삶의 현실은, 그것이 최대한의 가능성을 보장할 때조차도, 크고 작은 제약 속에서 움직인다. 그 점에서 인간의 현실은 언제나 한계현실이다. 운명은 이 한계현실을 일컫는 실존적 이름이다. 그러므로 자유나 고결함 역시 이 같은 운명의 필연성 속에 있다고 해야 할 것이다. 인간은 한계현실의 필연적 희생자다. 거꾸로 인간이 자유의지를 지닌 고결한 존재라면, 그것은 근친살인과 근친상간 같은 가장 더러운 죄악 속에서, 이런 치욕과 대결하는 가운데 비로소 얻어지는 것인지도 모른다. 이 최악의 고통과 최고의 고결 사이에 파토스―'윤리적으로 정당한' 열정의 에너지가 있다.

3. 행동의 윤리적 근거

위에서 살펴보았듯이, 주체의 행위는 대립 속에서 격렬해진다. 장애-대립-분규-침해는 비극적 상황의 주된 조건이다. 혹은 행위와 충돌 그리고 그 반응은 비극적 행동의 전제조건이다. 선왕의 피살사건을 규명하겠다는 오이디푸스의 진리의지는 그의 어머니를 죽게 만들고, 그 자신을 장님으로 만들며, 마침내 그 스스로 조국을 떠나게 되는 이유가 된다.

이때 확인되는 하나의 사실은 개인의 품성이나 신념은 평상시에 드러나지 않는다는 것, 그것은 특정한 상황과 조건 그리고 그 행위에서 드러난다는 점이다. 그리고 이렇게 드러난 품성과 신념 속에서 개인은 자신의 참된 능력과 자질을 확인하게 되고, 그 확인을 통해 비극적 행위의 주인공이 된다. 그리하여 비극적 주체를 구성하는 것은 어떤 상황과 이 상황 속의 행위 그리고 이 행위로 인한 충돌이다. 그런데 이 모든 것에는 행위를 추동하는 어떤 근본 가치가 있다. 이 대목에서 우리는 파토스 개

오이디푸스의 진리의지는 어머니를 죽게 만들고, 자신을 장님으로 만들며, 스스로를 자신의 나라에서 추방되어 떠돌이로 만든다

넘과 만난다. 파토스는 바로 이 에너지 ― 단순히 감정적 에너지가 아니라, 이런 감정이 배어 있는 좀더 고차적인 내용을 갖는다.

파토스 ― '신중한 정열'

파토스에 대한 헤겔의 정의는 길고 까다롭다. 그것은 또 『오이디푸스 왕』만 대상으로 한 것이 아니라, 『안티고네』를 포함하여 여러 작품을 대상으로 한다. 그런데 그 분석은 문학작품 일반에 타당한 것으로 보이고, 나아가 인간 삶의 근본 성격을 돌아보는 데도 매우 중요해 보인다. 따라서 꼼꼼히 살펴볼 필요가 있어보인다.

"그 자체로 독자성 속에서 등장할 뿐만 아니라, 마찬가지로 인간의 가슴속에 살아 있으면서 인간의 심정을 가장 깊은 곳에서 움직이는 일반적 힘들을 우리는 고대 그리스인들처럼 파토스(πάϑος)라는 표현으로 칭할 수 있다. 이 단어는 번역하기 어려운데, 그 이유는 '열정(Leidenschaft)'이라고 번역한다면, 거기에는 '인간이란 열정에 빠져선 안 된다'고 요구할 때처럼, 사소하고 천박한 것이라는 부차적 개념을 초래하기 때문이다. 그래서 여기의 파토스는 비난할 만한 부가적 의미가 없는, 보다 고상하고 더 일반적인 의미를 갖는 것으로 보자. 예를 들어 안티고네가 지닌 형제자매로서의 성스런 사랑은 이 말의 그리스적 의미에서 파토스다. 이런 의미에서 파토스는 심정에 깃든, 그 자체로 정당한 힘이고, 이성과 자유로운 의지의 한 본질적 내용이다. 오레스트가, 예를 들어, 그의 어머니를 죽인 것은 우리가 열정이라고 부르는 심정의 어떤 내면적 움직임에서 오는 것이 아니라 파토스이고, 그를 행동으로 몰고 가는 파토스는 심사숙고하고 아주 신중한 것이다. 이 점에서 신들은 파토스를 지닌다고 말할 수 없다. (…) 따라서 파토스는 인간의 행위에만 국한되어야 하고, 인간의 자아 속에 현재하는 것이면서 온 심정을 채우고 관통하는 본질적이면서도 이성적인 내용으로 이해되어야 한다."[14]

파토스는 …… 이성과 자유로운 의지의 한 본질적 내용이다 (헤겔)

위에서 언급된 파토스 개념에서 중요한 것은, 줄이면, 세 가지다.

첫째. 파토스는 단순히 심정의 내적 동요에서 비롯되는 정열이 아니다. 그것은 "심사숙고하고(wohlerwogen) 아주 신중한(ganz besonnen)" 고민으로부터 나온다. 그런 점에서 파토스는 신과는 무관하다. 신들은 고민 없이 사는 까닭이고, 그래서 늘 평정과 냉정 가운데 안주하는 까닭이다.

둘째. 파토스는 "인간의 가슴속에 살아 있으면서" 그 "가장 깊은 곳에서 움직이는 일반적 힘들(die allgemeine Mächte)"에 관련되어 있다. 아마 이 힘들이란 윤리와 진실 그리고 성스러움 같은 것이 될 것이다.

셋째. 파토스는 "본질적이면서도 이성적인 내용"-"심정에 깃든, 그 자체로 정당한 힘이고, 이성과 자유로운 의지의 한 본질적 내용"과 이어진다.

그러므로 파토스는, 적어도 헤겔에게 그 개념은 단순한 정열과 다르다. 그것은 심사숙고하고 신중한 것이기에 감성적 차원보다는 이성적 차원에 가깝다. 그것이 굳이 감성적이라면, 그것은 '신중한 열정' 또는 '이성적 감성'이라고 불러야 할 것 같다. 그것은 "그 자체로 정당한 심정적 힘"이고, 그래서 "자유의지의 표현"이기도 하다. 이런 이유에서 파토스는 예술의 핵심내용이 된다고 그는 적는다. 그의 의견을 하나 더 살펴보자.

> "파토스는 예술의 진정한 중심점이고 진실된 영역이다. 파토스의 묘사는 예술작품에서, 마치 관객에게 대해서처럼, 주요하게 영향주는 것이다. 왜냐하면

파토스는 모든 인간의 심금에 현(絃)처럼 울리기 때문이고, 모든 인간은 진정한 파토스의 내용에 든 가치 있는 것과 이성적인 것을 알고 인정하기 때문이다. 파토스는, 그것이 그 자체로 인간의 현존 속에 있는 강력한 것이기에, 감동을 준다. (…) 자연은 (예술에서: 역자 보충) 본래 상징적으로 사용되어야만 하는 반면, 파토스는 그 자체로부터 우러나와야 하는데, 이 파토스가 표현의 고유한 대상이다. (…) 예술에서 감동을 주는 것은 그 자체로 진실한 파토스뿐이다."[15]

예술에서 감동을 주는 것은 그 자체로 진실한 파토스뿐이다. (헤겔)

지금까지의 논의를 정리하면 이렇다.

첫째. 파토스는 "예술의 진정한 중심점이고 진실된 영역"이며, 예술작품에서든 관객에 대해서건, "주요하게 영향 주는" 사항도 파토스다.

둘째. 파토스에는 이성과 진실, 사려와 자유의지가 들어있다.

셋째. 거듭 강조되어야 할 사실은 파토스가 처음부터 저절로 일어나는 것이 아니라 행동을 통해, 이 행동 속에서 이뤄지는 주체의 결단 아래 일어난다는 사실이다. 즉 어떤 교훈이나 신념으로부터 우러나오는 것이 아니라, 마음 깊은 곳에 있는 도덕적이고 고양된 충동이야말

비극과 심미적 형성

로 파토스의 동기라는 사실이다. 그런 점에서 종교는, 신이 파토스와 무관하듯이, 파토스와 무관하다. 파토스의 힘은 근본적으로 세속적이며 인간적인 사항과 관련되기 때문이다.

그리하여 파토스는 지금 여기에서 이곳을 넘어 더 높은 곳으로 향하고자 한다. 그리고 바로 그 점에서 신성하고 초월적이다. 고대의 파토스적 그리스인들에게 지상적인 것들은 그 자체로 신적인 것이기도 했다. 이 파토스와 '성격(Charakter)' 개념도 이어져 있다. 그러나 그 전에 '한계조건'이라는 의미부터 좀더 분명하게 규정하는 것이 필요해 보인다.

한계조건이란 무엇인가?

비극적 상황의 역설적 조건이란 무엇인가? 비극적 상황이란 한계상황이다. 한계상황이란 상황의 아포리아─출구 없는 삶의 난관적 상태다. 이런 현실에서 갈등의 해결책은 쉽사리 보이지 않는다. 사람은 쉽게 화해나 결말에 도달하기 어렵다.

실존주의에서의 '한계상황'이란, 크게 보면, 근대 이후 나타난 여러 가지의 위기적 징후들, 이를테면 정치적 제국주의의 경향이나 수익 최대화의 경제원리, 약육강

식의 사회생물학적 논의나 니체 이후의 신적 부정의 흐름 속에서, 그러나 이 모든 흐름으로부터 거리를 두면서 인간 존재의 보다 실제적인 조건들 — '병'이나 '공포', '죽음'이나 '불안' 혹은 '결단'과 같은 요소에 주목한 철학적 경향을 뜻하는 것이지만, 나는 그것은 조금 더 넓은 맥락에서 파악한 것이고, 이 넓은 맥락에서 인간의 인간됨의 조건을 더 강조한 것이다. 즉 한계조건은 그때그때의 상황으로 주어지기도 하지만, 어느 상황에서건 드러나는 일정한 '인간 조건(condition humaine)'을 이룬다고 보는 것이 더 적절할 것이다. 그래서 '한계상황'보다는 '한계조건'이 더 정확한 표현이지 않나 싶다.

좀더 자세히 적어보자. 내가 말하는 한계조건이란 인간이라면 누구나가, 그가 어떤 연령이나 계급 혹은 물질적 조건에 속하건 상관없이, 또 어떤 정신적 가치를 추구하건 무관하게 처하게 되는 일종의 아포리아적 상태를 뜻한다. 아포리아(aporia)란 물론 '난관'을 뜻한다. 이 출구 없는 난관은, 이것이 더 중요한데, 자기모순적이고 이율배반적이다. 이런 이율배반적 상태는 사람과 사람 사이의 사회적 관계에서 증폭되지만, 한 개인이 무엇을 느끼고 생각하며 말하고 행동할 때에도 없는 것은 아니다. 그것은, 자세히 보면, 매 순간순간 잠복해 있거나 나

비극과 심미적 형성

타난다.

이를테면 언어란 현실을 묘사하면서도 묘사하기 어렵다든가, 인간 존재란 알 수 있으면서도 이해불가능한 존재라든가, 아니면 삶은 우리가 어느 정도 파악할 수 있는 것이면서 동시에 파악할 수 없는 미지의 지평으로 열려 있다는 데서도 확인된다. 더 평이하게는, 사랑하는 연인들이란 서로 가장 잘 이해하면서도, 그러나 동시에 그들 사이에서마저도 오해는 불가피하다는 데서도 나타난다. 인간은, 계몽주의가 주장하듯이, 정말 자기의식적 존재인가? 그는, 또 이성주의자들이 내세우듯이, 과연 이성적 존재인가? 그래서 자기 삶을 다스리고 지배하며 꾸려갈 수 있는가? 그래서 자유의 인간으로서, 자기 운명의 주인으로 살아가는가?

사실 인간은 자기 행동의 동기와 의도를 잘 알지 못한다. 인간이 자신과 그 대상을 '의식'할 때도 있지만, 그러나 그 의식은 오래가지 않는다. 대부분의 인간에게 자기의 일상은 반추되지 않는다. 즉 의식적 대상이 되지 못한다. 오히려 인간은 기계처럼 타성에 젖어 매일 매시간을 탕진해간다고 하는 편이 그 실상에 대한 보다 적절한 묘사일 것이다. 인간은 얼마나 무디고 무감각하며 타성과 인습에, 거의 역겨울 정도로 깊게 파묻힌 채, 그러면서도 놀랍도록 생생하고 활기차게, 그리하여 마치 아무 일도 없다는 듯이, '잘' 살아가는가? 열 살 혹은 스무 살 무렵에 굳어진 그의 행태는, 그것이 정신적인 것이든 육체적인 것이든, 도대체 일흔 혹은 여든의 세월이 지나가도, 대부분의 사람들에게는, 거의 변하지 않는다. 그것이 인간 삶의 실상이라고 할 것이다.

이러한 한계조건은, 거듭 말하여, 특정한 계급이나 계층에게만 나타나는 것이 아니다. 그것은 또 일정한 물질적 수준이나 권력관계에 한정된 것도 아니다. 그것은 인간이 모여 사회적 관계를 이루며 사는 곳이라면 어디에서나 확인될 수 있는 사안이다. 그러면서 그것은 인간의 내면 깊숙이에서 욕망이나 충동의 형태로 자리한다. 이러한 의식의 균열은 역설적이게도 어떤 삶의 활력으로 이어지기도 하고, 또 자유의지로 발현되기도 한다. 그런 점에서 자기모순의 현상은 인간의 종적(種的) 사건이라고 할 수 있다.

그러니 내가 말하는 한계조건이나 한계의식이라는 것은 단순히 실존적으로 규정되지는 않는다. 그것이 인간의 지금 여기 존재 ― 현존이 가진 육체적 생물학적 제약을 말하는 한 실존주의적이지만, 그의 의식은 병과 불안과 죽음을 넘어 더 넓은 타자적 지평으로 뻗어간다. 말하

비극과 심미적 형성

자면 자연의 진화사에서 펼쳐지는 삶의 생명적 무생명적 테두리까지 고려한다고나 할까? 우리는, 레비-스트로스(C. Lévi-Strauss)가 『슬픈 열대』(1950)의 맨 마지막에서 적었듯이. "세계는 인간 없이 시작되었고, 또 인간 없이 끝날 것이다"라고 말할 때의 세계관적 폭을 가질 필요가 있다. 이 유구한 자연사의 무대에서 인간은 주인공은 물론이고, 조역이라고 말할 것도 없다. 그의 등장을 기억하는 이도 없을 것이고, 그가 기록한 것들마저 사라져갈 것이기 때문이다.

자연의 사물사에서 인간의 역사는 알아보기 어려울 정도로 짧고 희미하고 사소하다. 인간의 문명사에서 기록된 것은 잊혀진 것들의 바다 위에 찰랑이는 하나의 물결에 불과하다. 인간은 지구에서 중심적 종이 결코 아닌 것이다. 만의 하나라도 그가 위대하다면, 그것은 이런 자신의 사소함과 변덕, 무기력과 허황됨을 깨닫고 있기 때문일지도 모른다. 비극적 한계의식은 삶의 이런 자기모순에 열려있다. 예술의 정신은 이런 모순의식 속에서 타자적 지평으로 나아간다. 그리하여 그것은 인간뿐만 아니라 동물과 식물로, 그리고 이런 동식물의 생명을 넘어 무생물적 세계의 전체로, 그래서 돌과 바람과 흙과 대기 저 너머로 뻗어간다. 아마 이 너머의 지평에서 의미와 의 무의 부재 간의 모든 구별은 사라져버릴 것이다.

이런 한계조건에서 우리는 인간의 크고 작은 결함과 맞닥뜨린다. 언어의 불완전성이나 의식의 분열 혹은 욕망과 충동의 불합리성이 그런 장애라고 한다면, 이성이나 자유에 대한 믿음은 이념적 장애라고 할 수 있을 지도 모른다. 그렇다면 유토피아적 미래의 기획은 정치적 결함이 될 수 있을 것이다. 이념과 현실, 믿음과 실상 사이에는 어찌할 바 없는 간극이 있다. 그리고 그 간극 사이에 자리한 심연에는 너무나 많은 사람들의 너무나 많은 고통과 회한과 절규가 담겨있다. 비극은 이 한계조건으로서의 고통을 담는다.

인간이 인간으로서 존재한다는 것의 시련과 과오, 결함과 수난의 기나긴 사연을 나는 떠올린다. 이 불가항력적 한계조건 앞에서 비극적 주체는 무조건 굴복하는 것이 아니라, 한계의 조건을 의식하고 응시하며 헤아리고 가늠한다. 그리고 그렇게 가늠하는 가운데 스스로 결정하고 행동하면서 그 행동의 결과에 책임지고자 한다. 이 점에서 그는 윤리적이다. 그의 자유는 바로 이것 — 책임의 자발적 수락과 이 수락의 윤리성으로부터 온다.

그러므로 모든 인간이 자유로운 것은 아니다. 또 인간의 자유가 저절로 주어지는 것도 아니다. 인간의 자유는, 그에게 주어진 한계를 응시하고 이 한계에 따른 책임을 그 스스로 수락하면서도, 그러나 이 한계에 머무는 것이 아니라 한계 너머의 지평으로, 그리하여 그 모든 실패와 몰락의 위험에도 불구하고 더 넓은 미지의 영역으로 나아갈 때, 그렇게 나아가고자 애쓸 때, 마침내 주어진다. 그러니 자유에는 얼마나 많은 실패와 좌초 그리고 책임에의 용기가 전제되는 것인가? 선한 마음이 혹시 있다면, 그것은 '그 후에야' 찾아드는 과실인 것이다. 자유는 독단에 대한 자기응시의 용기에 있다.

자기모순의 의식과 좌절한 사연에 대한 존중이 없다면 우리는 앞으로 나아가지 못할 것이다. 비극적 주체는 책임의 이 두렵고도 험난한 이행 속에서 자신의 성향과 기질을 조금씩 연마해간다. 그것은 자기 정체성의 수련과정이다. 자유의 체험과정이란 이 정체성의 수련과정 외에 다른 것이 아니다. 이런 수련 속에서 그는 삶의 현존적 지평을 조금씩 넓혀가기 때문이다. 주체의 주체화 — 한 인격의 독립성은 이런 식으로 획득될 수 있을 것이다. 하나의 주체가 참된 의미의 주체로 되어가는 과정, 그것이 곧 자유의 실천과정이다. 이러한 과정을 나는 '비극적 주체의 윤리적 정당화'라고 불렀다.

성격 – '전체적 개인'

비극적 행동을 끌고 가는 것은, 헤겔이 적었듯이, '일반적이고 실체적인 힘'이다. 이 힘을 제대로 발휘하려면 개인이 있어야 하고, 개인의 성향이나 기질이 있어야 한다. 개인의 성향이자 기질은 곧 개인성(Individualität) 혹은 개성이다. 행동은 개성 혹은 개성 있는 개인으로부터 시작된다.

파토스란 이 개인성 속에서 나타난 일반적 힘이다. 따라서 개성에서 중요한 것은, 헤겔에 의하면, 단순히 개인적인 것이 아니라 개인적인 것과 일반적인 것의 통일이다.

> "그러나 이 힘들의 일반적인 것은 특수한 개인들 속에서 그 자체로 '전체성이자 개별성'으로 결합되어야 한다. 이 총체성이란 구체적 정신성과 주관성을 가진 인간이고, 성격으로서의 인간적 전체적 개인성(die menschliche totale Individualität als Charakter)이다. 신들은 인간적 파토스가 되고, 파토스는 구체적 활동 속에서 인간적 성격이 된다. (…) 진실로 '자유로운' 개별성은, 이상이 이 개별성을 요구하듯이, 단지 일반성으로만 드러나서 안 되고 구체적 특수성이 되어야 하고, 이 측면들의 통일적 매개

전체적 개인성
(Totale-
Individualität)

와 관통을 입증해야 하며, 이것은 그 자체로 통일이어야 한다. 이것이 성격의 총체성(die Totalität des Charakters)을 이룬다."**16**

헤겔의 논리는 복잡하다. 그러나 핵심적 문제의식이 무엇인지 알고 있으면, 그 요지를 파악하기란 그리 어렵지 않다. 위 글에서 핵심은 특수성과 일반성 사이의 매개적 통일관계다. 즉 개별적으로 놓여 있는 특수한 것들과 일반적이고 보편적인 것들을 어떻게 매개하여 결합할 것인가의 문제다. 이것을 보여주는 구절이 "이 측면들의 통일적 매개와 관통(die einheitsvolle Vermittlung und Durchdringung dieser Seiten)"이다. 이 측면들이란 특수성과 일반성이라는 양쪽을 뜻한다.

성격이나 심성은 일정한 상황에서 펼쳐진다. 행위는 일정한 상황 속에서 어떤 선택과 결단을 통해 나오고, 이런 행위에서 성격이 만들어진다. 이 성격에 작용하는 것은, 이미 적었듯이, 주체의 주관적 개인적 힘만이 아니다. 거기에는 일반적이고 보편적인 힘도 작용한다. 헤겔은 보편적 힘과 주체의 행위 사이의 결합 혹은 통일을 '성격'이라고 불렀다. 그러니까 그것은 개별성과 일반성이 삼투되고, 특수성과 보편성이 매개된 것이다. '전체적 개인성' 혹은 '개별적 전체성'은 그렇게 특수성과 일반성이 서로 매개되고 관통한 결과로 나타난다.

그러나 이러한 전체적 개인이, 많은 논자가 비판하듯이, 적어도 헤겔적 의미에서 전체주의적일 수 있는 위험성을 가지는 것도 사실이다. 그의 개인 개념이 일반성에 의해 매개되어야 한다면, 이 일반성을 대표하는 개인은 지도자이고, 그 단체는 국가이기 때문이다. 헤겔 사유는, 그의 철학이 갖는 놀라운 사변적 깊이와 통찰에도 불구하고, 국가주의적이고 집단주의적으로 오용될 위험이 항존한다. 이러한 사실을 우리는 잊어선 안 된다. 인간사의 많은 폭력은, 제주 4.3 사건이 보여주듯이, 국가나 집단의 이름으로 행해지기 때문이다.

삶의 고통이나 비극은 계급적 계층적으로 제한되는 것이 결코 아니다. 따라서 그것은 영웅이나 지도자에게만 일어나지 않는다. 비극적 고통의 주체는 단순히 엘리트나 영웅뿐만 아니라, 더 넓고 더 편견 없는 차원으로, 그래서 모든 인간에게로 확대될 필요가 있다. 고통을 야기하는 삶의 우발성이나 어리석음 그리고 본성의 제약은 인간 일반의 한계조건이기 때문이다. 그리하여 참된 의미의 비극적 주체란 개별성과 전체성을 오가면서 삶의 고통을 직시하고 그 불가항력적 조건을 묻는 인간이다. 그는 어떤 이념을 대변하는 지도자가 아니라, 오히려 그 이념의 진실성을 찾고 묻는다. 내가 비극적 주체의 개인적 실존적 요소를 강조하는 것은, 그래서 '자기결단'이나 '개체적 독자성', 혹은 '자기형성'이나 '자의식'을 언급하는 것도 그런 이유에서다.

전체성/일반성/보편성은 헤겔 사유에서 그 자체로 타당하기보다는 끝없이 매개되어야 할 무엇이다. 이런 매개에 개입하는 것이 구체적 특수성이다. 전체적인 것에만 포박되어 있다면, 개인성은 추상적 차원에 머물고 만다. 그래서 공허해진다. 그리하여 전체성은 개별적 차원 속에서 지양되는 가운데 부단히 재구성되지 않으면 안 된다.

그러므로 주체는 충일성 속의 주체이고 원만함을 구현한 주체이어야 한다. 그것이 전체로서의 개인 — 전체주의적 개인이 아니라 인격적 온전성을 실현한 개인이다. 그렇지 못할 때, 인간은 이런저런 정열과 변덕과 이데올로기에 포박된다. 사람이 정신을 잃고 미치거나 허약하게 되는 것도 보편적인 힘이 결여되어 있기 때문이다. 그리고 이 보편적인 힘은 신적이고 영원한 지평으로 이어진다. 이러한 파토스가 일시적 변덕이나 정열과는 다르다는 사실을 우리는 앞에서 살펴보았다. 예술작품의 관건은 행동을 통해 주인공에게 어떤 성격이 만들어지는가를 얼마나 진정성 있게 묘사하느냐에 달려있다.

사실 성격을 규정하는 이런 개념들, 말하자면 '통일'이나 '전체' 혹은 '균형'이란 말은 고대 그리스와 그리스인들의 근본 속성이기도 하다. 고대 그리스에서 개인은 개인이기 이전에 가문의 일원이고, 나아가 폴리스의 일원이었다. 그러면서도 그들은 자신의 인성이나 인격에 대해, 이 인격의 연마가 갖는 중요성에 대해 누구보다 의식하고 있었다.

플라톤은『고르기아스』의 마지막에서 소크라테스의 입을 빌려 덕/탁월성의 단련이 "가장 좋은 삶의 방식"이라고 적고 있다.(527e2-3) 또 그리스인들은, 육체와 영혼, 물질과 정신을 나누지 않았던 것으로 이해된다. 교육은 정신과 영혼의 훈련뿐만 아니라 그 이전에 무엇보다 육체의 훈련 — 체육이어야 했다. 이것은 플라톤이나 아리스토텔레스를 포함하여 여러 철학자의 글에서 되풀이되어 나온다. 그들은 사물을 넓고 깊게, 그리하여 유기적이고 전체적으로 이해하고자 했다. 그들이 이상으로 삼았던 영웅 역시 이런 전체적 감각과 사고를 가진 인간형이었다.

그리하여 사물의 전체성에 대한 인식방식은 형식에

비극과 심미적 형성

대한 예술적 감각과 이어지고, 나아가 대칭과 균형에 대한 사랑이나, 이성과 논리 그리고 투명성에 대한 신뢰와도 이어진다. 전체적 인식과 형식감각, 대칭의식과 투명한 논리는 그 자체로 그리스적 자질을 이룬다. 이것은 현대인의 사고가 전문성이라는 미명 아래 끝없이 분할되어 마침내 파편화된 형태를 잃어버린 것과 극명한 대조를 이룬다고 할 수 있다.

그러므로 참된 성격은 전체적이어야 하고 풍요로워야 한다. 그것은 무엇보다 균형 잡힌 것이어야 한다. 그것은 고결한 인간본성을 담은 채 삶의 전체를 포괄해야 하는 까닭이다. 이 총체적인 것으로서의 성격에 작동하는 것이 다름 아닌 파토스다.

헤겔은 호메로스의 서사시에 나오는 여러 인물들, 이를테면 아킬레우스나 헥토르, 오디세우스나 아가멤논 등이 이런 성격을 구현하고 있다고 보았다. "그들 모두는 하나의 온전함이고, 그 자체로 하나의 세계이며, 각자는 하나의 충만하게 살아 있는 인간이다."[17] 그리하여 원만한 주관성 혹은 총체적 성격 혹은 그런 성격으로서의 파토스는 참된 인간의 자질이 아닐 수 없다. 헤겔은 그 자체의 개별성 속에 존재하면서도 삶의 전체를 포괄하는 인물들에게서 진실된 인간의 예를 보았다.(이점에

서 신적인 것의 의미는 헤겔에게서 종교적 함의를 갖기보다
는 정신이 바라고 행하려는 윤리적 의미에 가깝지 않나 여겨
진다.) 소포클레스의 비극에 나오는 인물들은 이런 파토
스를 잘 보여준다.

결단 – 자기결정의 자유와 책임

지금까지의 논의에서 우리가 살펴본 것은 사건과 결
단, 파토스와 행위 그리고 고결함 사이의 관계다. 주체는
어떤 사건과의 만남에서 일정하게 결단하고, 이렇게 결
단하는 데는 그의 윤리적 충동이자 자유의지로서의 파
토스가 작동한다. 그는 이 파토스 속에서 행동으로 나아
간다.

그러나 더 강조되어야 할 것은 성격이나 파토스에 대
한 개념규정 자체라기보다는 이런 규정 속에 들어 있는
어떤 문제의식, 말하자면 매개와 관통에 암시되어 있는
운동성일 것이다. 그것은 정체(停滯)된 것이 아니라, 그
래서 완결된 것이 아니라 차라리 부정적 지양의 부단한
움직임이다. 그것이야말로 파토스가 지향하는 윤리적이
고 진실하며 신성한 것들로의 길을 열어주기 때문이다.
이 점에서 공포와 연민을 통한 감정의 순화에서 비극의
효과를 본 아리스토텔레스의 관점은 제한적이라고 말

부정적 지양의
부단한 움직임

비극과 심미적 형성

하지 않을 수 없다. 감정적 순화도 중요하지만, 이 감정 효과적 차원 그 너머로 우리는 나아가야 한다. 비극 속에서, 비극적 행위가 보여주는 파토스적 의지 속에서 삶의 어떤 고양된 차원을 경험할 수 있기 때문이다. 이 높은 차원에는, 이미 언급하였듯이, 윤리와 자유의지 그리고 진리에의 추구가 있다. 그리고 이 차원은, 헤겔 철학의 전체 맥락에서 보면, 정신의 진보를 추동하는 매체이기도 하다.

그리스 비극에 등장하는 인물들에게, 헤겔의 분석에 따르면, 개체와 전체, 개인과 가계(家系)는 분리되지 않는다. 개인은 각자의 특수한 개별성 속에서 삶의 전체 그리고 세계의 테두리와 만난다. 그리고 이렇게 만나면서 그는 조화와 균형을 꾀한다. 그에게 이 전체와 분리된다는 생각이 아예 없다. 그는 자기가 저지른 범죄는, 그것을 알든 모르든, 또 의식하였든 의식하지 못하였든 그와 관계없이, 모두 짊어지려고 한다.

오이디푸스는 자기도 모르는 사이에 아버지를 살해하고 어머니와 결혼하며, 이 근친상간의 결혼에서 아이를 낳는다. 그의 범죄는 사람으로서는 상상할 수조차 어려운 극악무도한 것이다. 이것을 그는 의도하지도 않았고, 또 알지도 못하였다. 그럼에도 그는 자기가 저지른 이 행

오이디푸스는 의도하지도 않았고 또 알지도 못하였다. 그럼에도 그는 자기가 저지른 이 모든 행위에 전적으로 책임지고자 한다

위에 책임지고자 한다. 주관적 개체성과 사안의 객관성 사이를 그는 분리시키지 않는 것이다. 헤겔은 적는다.

"비극의 주인공들은 죄가 있으면서도 죄가 없다. 만약 인간에게 선택의 여지가 주어지고, 그가 자의적으로 자기 하는 일을 결정하는 '경우에만' 죄가 있다고 한다면, 이 고대의 조형적 인물은 죄가 없다. 그들은 이런 성격과 파토스에 따라 행동하는데, 그 이유는 그들이 바로 이 성격이고 이 파토스인 까닭이다. 거기에는 결정하지 않거나 선택하지 않을 수 있는 여지가 없다. 그들은 선택하는 것이 아니라, 완전히 원래부터 원하고 실행하는 바, 바로 그것이라는 점이 위대한 성격의 강력함이다. 그들은 있는 그대로의 그들이고, 영원히 그러하며, 바로 이 점이 그들의 위대함이다. 행동에서의 나약함은 오직 그 자체로서의 주체와 그 내용 사이의 분리에 있기 때문이고, 이 경우 성격과 의지 그리고 목적은 절대적으로 하나가 되어 성숙한 채 나타나지 못한다. 그에게 어떤 확고한 목적도 자기 개인성의 실체로, 온전한 자기의지의 파토스와 힘으로 영혼 속에 살아 있지 못하기 때문에, 개인은 결정을 못 내린 채 이리저리 휘둘리다가 자의적으로 결정하는 까닭이다. (…) 그들을 행동으로 몰고 가는 것은 윤리적으로

비극의 주인공들은 죄가 있으면서도 죄가 없다 (헤겔)

비극과 심미적 형성

정당한 파토스다."[18]

비극적 주체의 위대함은 그가 행한 모든 것에 책임을 진다는 데 있다. 자발적 책임수락의 요청은 절대적이고 맹목적이다. 그것은 거의 무의식적으로 작동하고 비의도적으로 생겨난다. 그래서 생래적으로 자연스럽게 보인다. 그는 그 어떤 이유나 변명도 하지 않는다. "그들은 선택하는 것이 아니라, 완전히 그들이 원래부터 원하고 실행하는 바, 바로 그것이라는 점이 위대한 성격의 강력함이다. 그들은 있는 그대로의 그들이고, 영원히 그러하며, 바로 이 점이 그들의 위대함이다."

이런 결단을 통해 비극적 주체는 여하한의 속박으로부터 벗어날 수 있을 것이다. 이와 관련하여 아도르노는 이렇게 적었다. "신화적 제재 앞에서 비극적 형식의 발전방향은 운명의 속박으로부터의 해방과 주체성의 탄생이었고, 이것은 봉건적 가족적 관련성으로부터 사회적 해방을 증거할 뿐만 아니라, 신화적 교의와 주체성 간의 충돌을 통해 운명에 결부된 지배와 성년으로 성장해가는 인간성 사이의 적대관계를 증언해준다."[19]

고대 그리스 비극에서의 속박은 때로는 가문적이고 때로는 국가적이며, 때로는 운명적이고 신화적이었다.

그리하여 속박으로부터의 해방이란 운명과 신화적 굴레의 지배로부터 인간성으로의 움직임이고, 이 움직임을 추동하는 것이 근대적 주체의 힘—자유와 자율성의 힘이다. 그것은, 더 줄이자면, 속박으로부터 해방으로의 움직임이고, 지배로부터 자유로의 움직임이다. 그 어느 것에나 성숙한 인간성을 향한 이행의 의지가 있다.

결국 하나의 자유로운 주체로 살기 위해서는 기존의 신화적 운명적 굴레를 벗어나야 하고, 개인과 집단 사이의 적대관계를 이겨내야 한다. 그것이 참된 주체로의 과정이고, 이 과정은 그대로 인간성의 경로이기도 하다. 그리하여 주체화의 과정은 곧 해방의 과정이 된다. 비극적 주체의 비극적 결단은 바로 이 인간성으로의 길을 보여준다. 이 길에서 행동과 사유는 어긋나지 않는다. "주체와 그 내용"의 일치는 비극적 파토스의 윤리성을 이룬다.

부정적(否定的) 화해 — 선악을 넘어

하지만 상처는 남는다. 비극적 행위에 따른 결과를 주체는 책임져야 한다. 그리하여 오이디푸스는 스스로 자기 눈을 찌른 후 왕국을 떠난다. 그는 자발적 추방의 길을 걷는 것이다. 그의 죄가 명예로 전환되는 것은 이 대목에서다. "그러한 주인공에게 그가 죄 없이 행동했다는

고대 그리스 비극에서의 속박은 때로는 가문적이고 때로는 국가적이며, 때로는 운명적이고 신화적이었다. 그리하여 속박으로부터의 해방이란 운명과 신화적 굴레의 지배로부터 인간성으로의 움직임이고, 이 움직임을 추동하는 것이 근대적 주체의 힘—자유와 자율성의 힘이다

비극과 심미적 형성

사실 외에 달리 더 나쁜 것을 말할 수 없다. 죄가 있다는 것은 위대한 성격의 명예다."[20]

　이런 식으로 대립은 해소되고 갈등은 지양된다. 정신의 만족이 있다면, 대립과 모순의 이 같은 변증법적 경로 속에서 이뤄지는 각성의 진전 때문일 것이다. 그것은 한두 단계로 종결되는 것이 아니라, 하나에서 그다음으로, 그리고 그다음에서 다다음으로 나아가고, 다시 그 반대와 그 반대의 반대로 계속 변화하고 부정되면서 지양된다. 화해는 이 무렵에야 비로소 찾아든다.

> "그러므로 우리는 그런 결말의 방식을, 악은 벌을 받고 미덕은 보상받는다는 식으로, 그래서 '악덕이 무너질 때 덕이 등장한다'는 식의 단순히 도덕적 결론으로 파악해서는 안 된다. 그 자체로 반성된 인격의 이런 주관적 측면이나, 선 혹은 악이 이때 중요한 것은 아니다. 중요한 것은 충돌이 완성될 때 이뤄지는 긍정적 화해에 대한 직관이고, 서로 싸우던 두 힘들 사이의 동등한 타당성이다."[21]

　위 글에서 헤겔이 경계하는 것은 선악의 이분법이다. 비극의 고찰에서 중요한 것은 선과 악의 단순구분이 아니라―물론 이런 구분이 필요할 때도 있지만―오히려 그 변증법이고, 나아가 이 모순의 변증법적 경로에서 이뤄지는 어떤 갱신일 것이다.

어떤 갱신인가? 그것은 인간의 삶과 현실을 구성하는 크고 작은 이항 대립물들, 예를 들어 주체와 객체, 감성과 이성, 자아와 타자, 동질성과 이질성, 사실과 허구, 현실과 꿈 등이 될 것이다. 그렇다면 갱신과 변형의 과정이란 그 자체로 반성의 과정—감각과 사고에 대한 반성적 성찰과정이고, 이런 성찰을 통한 지속적 형성과정이 될 것이다.[22] 지속적 지양과 부정의 과정 속에서 주체의 감각은, 마치 소포클레스를 읽는 독자의 마음처럼, 점차적으로 각성되고 그 정신은 자라날 것이다. 말하자면 도덕적으로 고양되는 것이다.

아마도 이런 도덕적 고양의 끝에는 고대 그리스 사람들이 '진리의 길(phronein)'이라고 말한 현명함이 있을 것이다. 이 현명함이란, 크리스토프 멩케가 옳게 지적하듯이, "폭력을 뜻하고 고통을 야기하는 과도한 것을 어떻게 피하는가를 아는 데" 있다.[23]

아마도 이것이 헤겔적 화해의 진정한 면모라고 해야 할 것이다.

헤겔적 화해란 미리 전제된 조화의 표현이 아니라―그것은 헤겔 이전까지 통용되던 전통적 예술이해

비극과 심미적 형성

에서의 '조화'개념이다 ― 끊임없이 나아가고 변화하며 자리를 옮겨가면서 다르게 이행해가는 화해이고, 이렇게 이행하는 가운데 '잠시' 실현되는 화해이다. 그러니 참된 화해는 잠정적 화해일 수밖에 없다. 그러나 헤겔이 화해를 강조한다고 해도 그를 체제타협적이거나 현실순응적으로만 해석해선 곤란할 것이다. 그런 점이 없지는 않지만, 그러나 헤겔 이후 그의 철학은, 헤겔 좌파와 헤겔 우파로 나뉘진 데서 알 수 있듯이, 보수와 진보의 양쪽에서 수용되었고, 그 각각에는 그 나름의 타당성도 있기 때문이다. 더욱이 헤겔 같은 거장의 저작을 이해하는 데는 늘 신중해질 필요가 있다.

앞서 보았듯이, 예술의 과제는, 특히 헤겔 미학에서 그것은 삶의 차이와 모순을 은폐하거나 미화하는 데 있는 것이 아니라, 불화와의 투쟁 속에서 그 대립을 지속적으로 해소해 가는 데 있다. 또 헤겔은 인간을 유약한 존재로 보지도 않았고, 또 그런 존재를 칭송한 것도 아니다. 이것은 그의 낭만주의 비판에서 잘 드러난다. 현실적 맥락 없이 주관적이고 내면적인 세계에만 사로잡힌 경우는, 문학사의 맥락에서 보면, 이른바 감상주의(Empfindsamkeit)에 대한 비판과 연결되고, 작게는 야코비(F. Jacobi)의 책『볼데마르(Woldemar)』에 대한 비판과 관련된다. 그런 심정적 유약함을 그는 '내용 없는 주관주의(die gehaltlose Subjektivität)'라고 불렀다.[24]

헤겔에게 중요한 것은, 주관이든 객관이든, '매개된' 것이었다. 비극에서의 성격이든, 미학에서 논의되는 예술의 과제든, 아니면 철학에서의 사유든, 이 모든 것은 매개를 통해 스스로 지양하는 자기부정적 계기를 내포해야 했다. 성격이 개인성과 전체성을 통합하는 것도, 또 비극에서의 파토스가 지금 여기를 넘어 좀더 고결한 차원으로 나아가는 것도 이 부정적 계기를 통해서였다.

마찬가지로 화해를 말할 수 있다면, 그것은 매개의 부정과 지양 '이후에나' 가능한 것이었다. 그리고 이 모든 것의 토대는 다시 오늘의 현실이어야 했다. 유약한 감상주의로 어떻게 이 거친 현실을 넘어설 수 있겠는가? 참으로 강한 성격은 현실의 역학을 한 손에 거머쥘 수 있는 용기를 가져야 한다. "위대하고 강한 성격은 현학이나 조야함, 삶의 사소한 조건이나 어색함에 상처받지 않고 보아 넘긴다. 하지만 (유약한) 감정은 상상하기 어려울 정도로 견뎌내지 못한다. 그리하여 실제로 가장 사소한 것들에 의해서도 그런 심정은 엄청난 절망에 빠진다. (…) (그러나) 뭔가 현실적인 것을 원하고 그것을 거머쥐려는 용기와 힘을 그 자신 속에 지닌 사람이야말로 진실된 성격에 속한다."[25]

그러므로 비극적 화해는 지양 속의 화해다. 그것은 처음부터 조화와 질서를 겨냥하는 것이 아니라 수없이 많은 모순과 역설을 인정하고, 그 갈등과 충돌을 관통해간다. 그래서 비극적 화해에는 곳곳에 투쟁과 불화의 흔적을 담는다. 그러면서 균형을 향해 나아간다. 그 점에서 비극의 참된 화해는 오직 부정적으로(negativ)만 구성될 수 있을 지도 모른다. 그것은 조화론적으로 이해될 수 있는 것이 아니라 존재의 깊은 이율배반을 관통해나가기 때문이다. 그것은 보다 높은 차원에서 가능할 어떤 화해일지도 모른다.

이 부정적 화해 속에서 주체의 개성은, 앞서 성격의 문제에서 다루었듯이, '전체를 구현한 개인'이 될 것이다. 참된 비극적 주체에게 개인성과 전체성은 분리되기 어렵다. 화해란 대립의 부단한 지양 가운데 자리한 잠시의 균형이다. 인간 삶에서의 화해도 그와 다르지 않을 것이다.

4. 한계성찰 – 그리스 비극이 남긴 것

소포클레스는 기원전 496년에 태어나 기원전 406년에 죽었다. 그의 앞에는 아이스킬로스가 살았고, 그 뒤에는 유리피데스가 태어났다. 어머니가 노점상이었다는 유리피데스에 비해 소포클레스는 유복한 가정에서 90년의 생애를 살았고, 그것은 지금으로부터 무려 2,500년 전의 일이다. 그리고 그 전에 삽포(Sappho)같은 그리스 서정시인의 시가 꽃을 피웠고, 그 전에는 그리스 문학이 시작하는 호머의 시대가 있었다.

이것은 모두 기원전 700년을 전후로 한 일이었으니, 소포클레스의 활동은 그로부터 300년 후의 일이 된다. 플라톤이나 아리스토텔레스의 철학은 기원전 4세기가 되어서야 나온다. 대략 이것으로 그리스 문화의 최고 시절은 끝난다. 그러니까 예수가 태어나기 전의 700~800년 전에, 혹은 300~400년 전에 인류문화의 걸작을 구성하는 거의 모든 원형들이, 말하자면 시와 예술, 문학과 조각 그리고 회화와 철학과 음악의 최고 성취가 웬만큼 다 이뤄진 것이다.

그렇다면 그리스 비극 작품들, 그 가운데서도 소포클레스의 『오이디푸스 왕』이 남긴 것은 무엇인가? 이것 역시 물론 여러 분야에서 다양한 시각 아래 거론할 수 있을 것이다. 그러나 그 어떤 사항을 말하든, 이 모든 것은 한 가지 사실로, 적어도 결국에는, 수렴될 것이라고 나는 생각한다. 한 가지 사실이란 어떤 한계조건 속에서 움직이는 인간의 행동가능성에 대한 어떤 의식―한계성찰적 의식이자 그 필요성이다.

이 한계성찰적 의식이란, 그리스 사람들의 말로는 프로네시스(phronesis)일 것이다. 비극의 참된 현명함은 이 현명함의 불가능성 혹은 그 쉽지 않음을 자각하는 데 있다. 오이디푸스가 운명적 파멸에 이른 것은 이런 지혜의 결핍과, 이런 결핍으로 인한 맹목성에의 포박 때문인지도 모른다. 거꾸로 어떤 정의의 가능성은 이 세계의 정의에 대한 믿음의 취약성을 자각하는 데서 비로소 시작될 것이다.

삶의 현실이란 원하는 모든 것을 할 수 있는 현실이 아니다. 그것은 몇 개의 사안 가운데 한두 개를 '선택'해야 하고, 이 선택한 특정한 것에 대해 '책임'져야 한다. 그리고 이 선택과 책임 사이에서 행동은 크고 작은 갈등을 야기하고, 이 갈등 앞에서 옳은 것을 위한 싸움은 불가피하다. 비극에서의 파토스와 성격이 중요한 것은 삶의 불가피한 한계 속에서 행동의 윤리적 근거를 잃지 않기 위해

삶의 현실이란 원하는 모든 것을 할 수 있는 현실이 아니다. 그것은 몇 개의 사안 가운데 한두 개를 '선택'해야 하고, 이 선택한 특정한 것에 대해 '책임'져야 한다. 그리고 이 선택과 책임 사이에서 행동은 크고 작은 갈등을 야기하고, 이 갈등 앞에서 옳은 것을 위한 싸움은 불가피하다

서다. 한계성찰적 비극의식은 윤리적 정당성을 위해 불가결한 것이다.

그러므로 『오이디푸스 왕』에서 우리가 결국 배우는 것은 '신중하고 윤리적인 정열'로서의 파토스이고, '전체적 개인'으로서의 성격의 구현이다. 한계성찰적 의식은 이 파토스가 육화된 독자적 개인의 성격이 될 것이다. 살아가는 한 인간은 갈등과 충돌을 피할 수 없지만, 그러나 이 갈등과의 비극적 대면을 통해 그는 더 나은 질서—자유로운 가운데 책임 있는 삶을 비로소 살아갈 수 있을 것이다. 선악의 단순이분법을 넘어선 보편적 삶의 화해가능성은 그다음에 찾아들지도 모른다.

그리하여 이 화해는 처음부터 정해진 화해가 아니라 부단히 만들어지면서 부서져야 하고, 긍정되면서 동시에 부정되어야 할 화해—무한한 변형 가능성 속의 화해다. 한계 속의 인간은 근본적으로 비극적이다. 그러나 부정적 화해의 가능성을 염두에 둔다면, 비극적 주체는 윤리적으로 '그르지 않다'고 할 것이다.

화해는 처음부터 정해진 화해가 아니라 부단히 긍정되면서 동시에 부정되어야 할 화해—무한한 변형 가능성 속의 화해이다

비극과 심미적 형성

삶의 현실이란 원하는 모든 것을 할 수 있는 현실이 아니다. 그것은 몇 개의 사안 가운데 한두 개를 '선택'해야 하고, 이 선택한 특정한 것에 대해 '책임'져야 한다. 그리고 이 선택과 책임 사이에서 행동은 크고 작은 갈등을 야기하고, 이 갈등 앞에서 옳은 것을 위한 싸움은 불가피하다. 비극에서의 파토스와 성격이 중요한 것은 삶의 불가피한 한계 속에서 행동의 윤리적 근거를 잃지 않기 위해서다. 한계성찰적 비극의식은 윤리적 정당성을 위해 불가결한 것이다.

제2부

비극적 행동과 인간 조건

비극적 행동과 인간 조건

예술가는 인간에게 결단의 자유와
독자성이 보존되도록 애써야 한다

헤겔, 『미학』

제1부에서 비극적 행동을 여러 가지 요소들, 이를테면 상황과 선택, 충돌과 갈등, 그리고 여기에서의 파토스와 성격 그리고 화해 등을 포괄적으로 다루면서 '비극적 주체의 윤리적 정당성'이라는 관점 아래 다루었다면, 이글에서는 앞의 글에서 결론으로 삼았던 비극적 행동의 윤리적 정당성과 그 화해의 길이 안티고네의 경우에는 어떻게 나타나는지, 또 이때의 비극적 인식이 근대 이후의 산문적 삶의 조건에서 어떤 의미를 갖는지 살펴보고자 한다.

1. 아포리아 – 두 정당성 사이의 갈등

비극을 구성하는 데는 여러 가지 요소가 있다. 사건이 있고, 이 사건 속에서 움직이는 개인이 있으며, 이 개인의 선택과 행동, 그리고 그 결과와 책임이 있다. 이때 행동을 몰고 가는 것은 어떤 힘들―그 자체로 정당한 힘들이다. 이 힘들이란 예를 들어 가족 간의 우애나 연인 사이의 사랑, 아니면 국가에 대한 충성이나 지배자의 의지 혹은 시민의 애국심 등이다. 아니면 교회에 대한 신앙심일 수도 있다. 개인은 이런 믿음과 관심사에 따라 행동한다.

그러나 비극적 행위를 추동하는 요인으로서의 이 힘들은 개인과 개인 사이에서, 또 개인과 집단 혹은 국가 사이에서 서로 일치하기보다는 어긋날 때가 많다. 그리하여 대립하는 것은 어떤 정당한 힘과 또 하나의 정당한 힘이다. 그러니까 선과 악의 대립이나 거짓과 진실의 대립이 아니라, 하나의 선과 또 하나의 선, 혹은 하나의 진실과 또 하나의 진실 사이의 대립이 비극적 행위의 실제 내용이다. 이런 이유로 대결이나 충돌 혹은 갈등은 불가피하다. 이 필연적 충돌에서 어느 하나는, 설령 그것이 그 자체로는 옳다고 하더라도, 죄악에 빠진다. 불의는 피할 수 없는 운명이 되는 것이다. 여기에서 딜레마가 생긴다.

소포클레스의 비극『안티고네』에서 주인공은 물론 안티고네다. 오이디푸스에게는 4명의 자식이 있었다. 두 아들 에테오클레스와 폴뤼네이케스, 두 딸인 안티고네와 이스메네다. 어른이 된 에테오클레스는 동생 폴뤼네이케스를 쫓아내자 이 동생은 아르고로 가서 군대를 끌고 와 조국 테바이를 공격한다. 그러다가 서로 죽고 죽이게 된다. 그 때문에 삼촌 크레온이 가장 가까운 혈족으로서 왕위에 오른다. 그러면서 그는 에테오클레스의 매장은 허락한 반면, 폴뤼네이케스의 장례는 금지한다. 폴뤼네이케스는 조국을 배반했기 때문이다. 그는 그 누구의 애도도 받지 못한 채 새 떼의 먹이가 되어야 한다.

하지만 안티고네는 이 오빠의 장례를 치러주려 하고, 그것이야말로 신들의 불문율이라고 주장한다. 그리하여 크레온은 사형선고를 내린 후 그녀를 석굴에 가둔다. 크레온의 아들인 하이몬은 안티고네의 약혼자이기도 하다. 그는 아버지를 설득하려 하지만, 그러나 크레온의 생각은 변하지 않는다. 그리하여 갈등은 증폭된다.

여기에서 핵심 인물은 안티고네와 크레온이고, 이들은 각각의 방식으로 이율배반적인 가치 속에서 흔들린다. 안티고네는 한편으로 오빠의 시신을 매장해야만 하는 천륜의 요구에 따르지 않을 수 없다. 그러나 그 장례식은 크레온 왕의 명령을 거스르는 일이다. 마찬가지로 크레온은 국가의 질서를 우선시하여 안티고네에게 엄벌을 내리지만, 그녀는 하이몬의 약혼녀이기도 하다.

그리하여 안티고네와 크레온은 혈연의 요구와 공동체의 필요 앞에서 어느 하나를 선택하고 다른 하나는 포기해야 하는 난관에 봉착한다. 비극은 두 정당성 사이의 선택이고, 어떻게 하든 실패를 피할 수 없는 아포리아의 싸움이 된다.

비극은 두 정당성 사이의 선택이고, 실패를 피할 수 없는 아포리아의 싸움이다

2. 안티고네의 윤리적 정당성

비극적 행동을 추동하는 것이 어떤 파토스라고 한다면, 이 파토스에는, 헤겔이 지적하듯이, "심정의 그 자체로 정당한 어떤 힘", 말하자면 "이성적인 것과 자유로운 의지라는 본질적인 내용"이 담겨있다.[2] 그리하여 파토스는 '윤리적으로 정당하다'. 그것은 그 자체로 이성적이고 가치 있으며 자유로운 것이기에 윤리적으로 그르지 않은 힘의 모티브가 되는 것이다. 이 비극적 행동의 윤리적 정당성을 구성하는 요소에는 무엇이 있을까?『안티고네』에서는, 크게 보아, 다섯 가지 ─ 결단과 품위, 신의 법, 무한한 정의, 화해로 요약될 수 있지 않나 싶다. 이것은 그 자체로 안티고네의 파토스를 구성하는 주된 덕성으로 보인다.

국가 대 개인

오이디푸스가 세상을 떠난 뒤 그의 두 아들이 왕위를 물려받을 예정이었지만 서로 죽고 죽였고, 그 때문에 크레온은 선왕의 가장 가까운 인척으로서 그 모든 권한을 물려받는다. 그는 법과 통치 그리고 정의의 대변자가 되는 것이다. 그런 그의 입장은 단호할 수밖에 없다.

"조국 대신 자신에게 가까운 자를 선호하는 모든 자를 나는 아주 경멸하오.
왜냐하면 나는, 여기 모든 것을 영원히 보시는 제우스는 아실 테지만, 어떻게 안녕 대신 해악이 시민들에게 닥쳐오는지, 나는 침묵할 수 없으며, 또 나라의 적이 나와 가깝다고 말하지 않을 것이오.
우리를 안전하게 바른 경로로 인도하는 것은 오직 나라의 배라는 것을 나는 알고 있소.
누가 우리와 가까운 자인지는 그에 따를 것이오.

또 그 법에 따라 나라는 나의 지배 아래 번창할 것이오…. (…) 하지만 같은 핏줄인 폴뤼네이케스는 망명지에서 돌아와, 그의 고향과 선조의 신들을 불살라 태워버렸고, 그의 친족의 피를 마시려 했으며, 그런 후 그 나머지는 노예로 끌고 가려 했으니, 나는 도시에 포고하여, 아무도 그에게 장례를 치루어 무덤을 만들거나 애도하지 말도록 하였소. 그래서 그는 묻히지 못한 채 누워 있도록, 그래서 그 몸이 새와 개의 먹이가 되어 흉측한 몰골이 되도록 말이오!

이것이 내 생각이오! 앞으로도 내가 올바른 자보다 범법자를 명예롭게 여기는 일은 결코 없을 것이오.[3]

크레온 왕에게 중요한 것은 "국가", 즉 조국(Vaterland)이다. 조국이란 단어는 국가라는 명칭보다 혈육이나 종족 같은 요소에 더 가까운 듯한 뉘앙스를 갖고 있다. 그런 점에서 그것은 더 근원적이고 맹목적이라고 할 것이다. 크레온 왕의 조국 집착은, 그의 집권이 얼마 되지 않기 때문에, 더 심하다고 볼 수 있다. 그에게는 친인척 관계도 중요할 것이나 조국은 더 중요할 것이다. 그가 오이디푸스의 둘째 아들 폴뤼네이케스의 무덤을 금지시킨 것은 그가 "망명지에서 돌아와, 그의 고향과 선조의 신들을 불살라 태워버렸고, 그의 친족의 피를 마시려

비극과 심미적 형성

했으며, 그런 후 그 나머지는 노예로 끌고 가려 했"기 때문이다. 그는 국법에 어긋나는 이 "범법자"를 허용할 수 없다. 이런 그의 결정은 국가정책상으로 틀리지 않다.

그리하여 크레온 왕은 국가반역자인 폴뤼네이케스로 하여금 "묻히지 못한 채 누워 있도록, 그래서 그 몸이 새와 개의 먹이가 되어 흉측한 몰골이 되게" 하라고 명령한다. 그리고 그 누구도, 도시의 적이든 친구이든, 또 살아 있는 자든 죽은 자든, 예외 없이 이 금지의 법령에 따라야 할 것이라고 경고한다. 이 명령에 불복한다면, 그 대가는 죽음뿐이다. "앞으로도 내가 올바른 자보다 범법자를 명예롭게 여기는 일은 결코 없을 것이오."

그러나 이 포고령은 지켜지지 않는다. 그 사이에 누군가 시신을 묻어주고 달아났기 때문이다. 그러나 그가 누구인지 아무도 모른다. 한 파수꾼으로부터 이를 보고받은 후 크레온은 포고령에도 불구하고 그가 매장된 것은 파수꾼들이 매수되었기 때문이라고, 돈의 해악은 그토록 심하다고 말한다. "지금까지 사람들 사이에 합법적으로 도입된 것 가운데 가장 끔찍한 결실은 돈이네. 그래, 돈이야말로 너희들 도시를 파괴하고, 너희들 남자를 집에서 몰아내니까."[4]

"지금까지 사람들 사이에 합법적으로 도입된 것 가운데 가장 끔찍한 결실은 돈이네. 그래, 돈이야말로 너희들 도시를 파괴하고, 너희들 남자를 집에서 몰아내니까"

'자기 길'로의 결단

크레온이 국가와 집단 혹은 일반성과 남성성을 대변한다면, 안티고네는 가족과 개인 혹은 개체성과 여성성을 대변한다고 볼 수 있다. 혹은 이 두 축은, 흔히 해석하듯이, 실정법 대 자연법의 대결이라고 볼 수도 있다. 여기에 더하여 그녀는 죽음의 세계—지하의 세계와 그 신들에게 연결되어 있다. 안티고네의 선택은 불가피하다. 그러나 그녀가 선택할 수 있는 두 가지 가능성은 상충한다. 흔히 얘기되는 '비극적 죄과'나 '비극적 아이러니'는 이 때문에 생겨난다.

죄는 무죄와 완전히 무관한 것이 아니라 혼재되어 있다. 그래서 사람은 어떤 일에서 완전히 잘못하거나 완전히 잘한 것이 아니라, 어떤 점에서 잘한 것이면서 '동시에' 어떤 점에서는 잘못하는 것이다. 그리하여 때로는 자기가 한 일에 대해서 뿐만 아니라 하지 않은 일에 대해서도 책임져야 한다. 비극적 주체는 죄를 지었으면서도 죄를 짓지 않는 존재인 것이다. 인간은 어떤 선택 아래 행동하는 것보다는 전(全) 존재적 투신 속에서 행동하기 때문이다.

결국 문제는 갈등의 변증법이고, 이 갈등 속에서의 어떤 고양적 가능성이다. 이 상반되는 두 선택 앞에서 안티

사람은 완전히 잘못하거나 완전히 잘한 것이 아니라 어떤 점에서 잘한 것이면서 다른 어떤 점에서 잘못하는 것이다

비극과 심미적 형성

고네는 그러나 주저 않고 결정한다. 그녀의 행동을 추동하는 것은 이런 과감한 결단이다. 그 결단이란 오빠의 시신을 묻어주는 일이다. 그러나 그것은, 앞서 언급했듯이, 왕의 명령을 어기는 일이고, 나라의 금지를 거스르는 일이다. 그래서 '죄'가 아니 되기 어렵다.

> 안티고네: 같이 애를 써서 함께 행동할지 생각해봐!
>
> 이스메네: 무슨 모험 말이에요, 무엇을 위해 결정하는 거죠?
>
> 안티고네: 손에 손을 잡고 네가 나와 함께 시신을 나를지 말지?
>
> 이스메네: 국가의 금지를 거스르면서까지 그를 묻겠다는 건가요?
>
> 안티고네: 그래, 그를! 그는 나와 네게 오라버니'이고', 네가 아니라고 해도 그는 오라버니야! 아무도 나를 배신자라고 말할 순 없어!
>
> 이스메네: 그런 일을 감히 하겠다니! 그건 크레온의 말을 어기는 것 아닌가요?
>
> 안티고네: 그가 나를 내 가족으로부터 떼놓겠다고? 아니야, 그건 그가 할 수 없어!
>
> 이스메네: 오, 사랑하는 언니, 우리의 아버지를 생각해봐요! 그가 얼마나 깊은 미움을 받고, 얼마나 나쁜

소문 아래 죽어갔는지!

스스로 발견한 과오 이후 그가 어떻게 자기 손으로 두 눈을 찔렀고, 그다음 그의 어머니이자 아내였던 사람이 ― 이것은 무슨 말인가요? ― 어떻게 밧줄에 목매달고 그 생명을 끊었는지를.

그리고 세 번째로 우리 가족인 두 오라버니께서 '같은' 날에 서로를 죽이면서 각자 다른 사람의 손에 죽어갔는지를.

우리 두 사람만 이제 살아남았어요!

잘 생각해보세요! 만약 법을 어기고 왕의 명령이나 권력에 맞선다면, 그 죽음은 그만큼 더 비참할 거예요.

이것 또한 잊지 말아야 해요. 우리 둘은 태어날 때부터 여자일 뿐이고, 그래서 남자들과 싸우는 것은 우리에게 어울리지 않아요.

더 강한 자의 힘이 우리를 지배하기 때문에, 사람은 이 훨씬 못된 명령에 복종해야지요.[5]

"같이 애를 써서 함께 행동할지 생각해보고" 결정하라는 안티고네의 말에 동생 이스메네는 "국가의 금지"를 언니에게 상기시킨다. 그렇지만 안티고네는 "배신자"가 되고 싶지 않다고, 그래서 크레온 왕의 명령을 거부하겠다고 말한다.

이런 안티고네의 결정에 이스메네는 이윽고 그들 가

족의 불행을 다시 꺼낸다. 아버지 오이디푸스가 어떻게 아버지인 라이오스 왕을 죽이고 그 아내―오이디푸스의 어머니이자 왕비였던 이오카스테와 결혼하게 되었는지, 그리하여 결국 그 어머니가 목매달아 죽고, 오이디푸스 자신은 스스로 두 눈을 찔러 장님인 채로 자기 나라를 떠나게 되었는지를 말한다. 그것은 모두 "법"을 무시하고 "왕의 명령"과 "권력"을 거스른 까닭이다. 이처럼 불행한 죽음을 피하려면, 사람은 "더 강한 자의 권력"에 복종해야 한다. 게다가 그들은 남자와 싸워선 안 되는 '여자'이기도 하다.

하지만 안티고네의 결심에는 변화가 없다. 이어지는 안티고네의 말에는 더 강한 결의가 담겨있다. "어떤 것도 난 더 이상 요구하지 않겠어. 심지어 네가 행동을 결정한다고 해도, 같이 한 네 행동은 내게 달갑지 않아. 좋을 대로 생각하려무나! 하지만 '나는' 그를 묻을 테니. 그렇게 한다면, 죽어도 좋을 거야. 우리는 서로 하나가 되어 나란히 누워 쉬게 될 테니. 그래서 나는 지금 그런 성스런 악행을 감행할 거야. (…) 너는 그렇게 변명하려라. '나는' '나의 길'을 갈 테니. 아무리 많은 고통도 비열하게 죽는 것보다 더 나를 괴롭히지 않으니까."[6]

여기에서 '자기 길을 간다'는 것은 무슨 뜻인가? 그것

아무리 많은 고통도 비열하게 죽는 것보다 더 나를 괴롭히지는 않는다

은, 간단히 말하여 자기 자신의 파토스에 따른다는 뜻이
다. 말하자면 어떤 외적 명령에 따르거나 억압에 굴종하
는 것이 아니라, 자기 자신으로부터 나온 목소리—자기
를 규정하는 이성적이고 자유로우며 영원하고 훼손될
수 없는 무엇에 따른다는 뜻이다. 이 무엇에 대한 의식적
무의식적 지향 속에서 인간은 비로소 두 발로 서서 자기
삶을 개척해나갈 수 있기 때문이다.

개체의 독립성과 독자성은 이렇게 생겨난다. 거꾸로
이 독립성과 자유가 그 존재를 고귀하고 위대하게 만드
는 것이다. 그리하여 이 비극적 열정은, 이 열정의 이성
은 깊게 공감할 만한 것이 된다.

"신의 법"

크레온 왕은 매장의식을 치른 장본인이 누구인지를
알아내어 자기 앞으로 데리고 오라고 명령한다. 파수꾼
들은 다시 시신이 매장된 곳을 지키고 있다가, 이윽고 그
곳 주변에서 "마치 새끼를 빼앗긴 채 그 빈 둥지를 내려
다보게 된 어미 새처럼" 그렇게 비통하고 울고 있던 한
소녀를 발견한다.[7]

그녀는 안티고네다. 그녀는 매장행위가 범법행위라는
파수꾼의 꾸짖음도 아무런 대꾸 없이 받아들인다. 그러

면서 그 일을 저지른 자가 누구인지 답변하라는 크레온의 물음에, 그게 바로 자신이라고 그녀는 대답한다.

크레온: 너는 이 일을 하는 것이 금지되었다는 것을 알고 있었느냐?

안티고네: 알고 있었어요! 공지사항인데 어찌 모르겠어요?

크레온: 그런데도 너는 이 포고령을 어겼단 말이냐?

안티고네: (매우 힘주어서) 그래요. 하지만 내게 내린 '그' 포고령은 '제우스 신'이 한 것이 아니었고, 죽은 자의 영역에 사는 정의의 여신도 그 법을 결코 만들지 않았으니까요.

'당신'이, 죽을 자로서의 당신이 내건 그 포고령이 쓰여지지 않은, 변경할 수 없는 '신의 법'을 능가할 수 있을 만큼 그렇게 강한 것이라고 생각치 '않았어요'.

왜냐하면 신법은 어제 오늘 만들어진 것이 아니라, 언제나 살아 있고, 그래서 아무도 그 계시의 날을 알 수 없으니까요.

그러니 나는 그 어떤 인간의 의지가 무섭다고 해서 언젠가 신에게 벌받는 일은 하고 싶지는 않아요.

죽음요? 그것은 올 것이고, 당신이 공표하지 않았다

고 해도, 어떻게 안 올 수 있겠어요? 하지만 때가 되기도 전에 와도 죽음은 차라리 이득일 거예요. 그렇게 '나'는 말할 수 있죠.

왜냐하면 저처럼 수천 가지 곤란 속에 사는 사람이라면, 어떻게 죽음 속에서 이득을 얻지 않겠어요?

그 끝, 그것은 고통일 것이라고 나는 여기지만, 그러나 내게는 아무것도 아니에요. 하지만 내 어머니의 죽은 자식이 아무런 무덤도 없이 시체가 되어 있는 걸 말없이 본다는 것은, 그것은 고통스런 일이지요. 죽는다는 것은 고통스럽지 않아요.

내가 하는 일이 어리석은 짓이라고 당신이 여긴다면, 당신의 바보 같은 판단도 바보짓이에요."[8]

위의 인용문에서 대립하는 두 축은, 다소 도식적이긴 하나, 인간의 법과 신의 법이다. 혹은 조금 더 넓게 말하여, 실증법과 자연법의 모순관계이고, 더 간략하게 말하면 법률과 권리 사이의 모순관계다.

크레온 왕이 인간의 법을 대변한다면, 제우스나 정의의 여신은 신의 법을 대변한다. 앞의 것이 일시적이고 유한하다면, 뒤의 것은 영원하고 무한하다고 할 수 있다. 크레온 왕이 유한한 생명을 가진 자로서 국가와 도시를 대변한다면, 안티고네는 신법을 염두에 두고 있고, 이 신법은 그 어떤 인간에게 의해서도 "쓰여지지 않은" 것이고, 따라서 "변경할 수도 없는" 절대적인 불문율(不文律)이다.

안티고네가 따르는 것은 신의 영원한 불문율이다. 그런 그녀가 크레온 왕의 포고령을 무시하는 것은 당연하다. 그녀는 포고령을 몰라서가 아니라 알면서도 어긴 것이다. 이 행위는 인간의 법 그리고 국가적 차원에서 보면 위법적이 되지만, 신법의 차원에서는 그렇지 않다. 안티고네는 말한다. "왜냐하면 신법은 어제 오늘 만들어진 것이 아니라, 언제나 살아 있고, 그래서 아무도 그 계시의 날을 알 수 없으니까요. 그러니 나는 그 어떤 인간의 의지가 무섭다고 해서 언젠가 신에게 벌받는 일은 하고 싶지는 않아요." 신법의 관점에서 보면, 땅 위에서의 어떤 삶도 그리 중요한 것이 아니다. 그래서 안티고네는 왕의 판결을 기꺼이 받아들인다.

신법은 인간의 법에 대립되면서도 그 차원을 포용하면서 넘어서는 법이기 때문이다. 마찬가지로 신적 정의란 인간적 정의를 단순히 무시하거나 억압하는 것이 아니라 그 자신의 일부로 포용하면서 그 이상의 드넓은 정의이고, 그 점에서 '무한한 정의'인 것이다.[9]

사실 여기에는 매우 중요한 문제 ― 법철학적 문제가

담겨있다. 법률이란 인간이 원래 타고난 권리—자연법적 권리에 비하면 여러 가지 점에서 제한된 것이다. 그래서 정해지고 규약된 형식—실증법적 틀을 갖고 있다.

그러나 인간의 권리가 법률서나 법률 조항에 제한될 수는 없다. 그렇다면 우리는 이렇게 물을 수 있다. 인간에게 권리가 있다면, 그 권리에는 실증법적 제약을 문제시하는 권리까지 포함되어 있는가? 또 『안티고네』가 보여주듯이, 인간 세상의 법은 신의 법과 어떤 관계를 갖는가? 아마도 고귀한 인간이라면 법과 권리 사이의 이 근원적 모순을 스스로 의식할 것이다. 아도르노(Th. Adorno)는 카프카의 『소송』을 읽고 나서 '소송에 대해 소송해야 한다'고 했지만, 또 데리다(J. Derrida)는 "정의에 대해 정의로워야 한다"고 적은 바 있지만, 아마도 법과 인간의 더 넓은 차원이나 정의의 보편적 가능성을 염두에 두는 것도 이런 이유에서일 것이다.

이때 인간적 정의와 신적 정의를 잇는 것이 바로 파토스일 것이다. 왜냐하면 헤겔이 그의 『미학』에서 "인간이 참으로 두려워해야 하는 것은 외적 폭력이나 그 억압이 아니라 윤리적인 힘이고, 이 힘은 자신의 자유로운 이성의 규정이자 동시에 영원하여 침해할 수 없는 것"이라고 썼을 때, 이것은 이성적이고 윤리적인 정열로서의 파토

소송에 대해 소송해야 한다
(아도르노)
정의에 대해 정의로워야 한다
(데리다)

비극과 심미적 형성

스를 뜻하고, 나아가 이 파토스가 "영원하고 침해할 수 없는" 신적 법에 닿아 있는 것을 암시하는 것으로 보인다.[10] 그러니까 파토스는 지상적인 것과 천상적인 것, 세속적인 것과 초월적인 것을 매개하고, 나아가 이렇게 매개하면서 그 각각을 성찰하며, 이 성찰 속에서 우리를 보다 나은 삶의 상태로 이끄는 에너지인 것이다. 파토스는 고양된 삶의 가능성을 향한 성찰적 이성적 윤리적 정열인 것이다.

그리하여 안티고네가 죽은 오빠에게 장례식을 치러주려는 것은, 정확하게 말하여, 공동체의 법을 어기기 위해서라기보다는 가족의 우의라는 인륜에 더 충실하기 위해서다. 또 이 가족적 우애의 인륜적 충실이 인간의 법이 아니라 신의 법에 더 맞다고 보기 때문이다. 그래서 그녀는 제 혈족을 존중하는 것은 수치가 아니라 더 없이 큰 영광이라고 여긴다. 친오빠를 묻어주는 가장 개인적인 일은 단순히 사적 개별적 차원에 머무는 것이 아니라, 역설적이게도 최고의 영광—신적 보편적 정의와 결부되는 것이다. 신적 정의로서의 개인적 정의가 실현된다고나 할까? 그 행위는 윤리적으로 정당하기 때문이다. 죽음마저 감수하는 그녀의 비극적 행위는 진실로 나아가려는 고상한 의지—파토스적 힘에 의해 추동된다.

신적 정의로서의 개인적 정의의 실현

품위

여기에서 확인하듯이, 정의의 의미는 하나의 개념으로 환원될 수 있는 게 아니다. 거기에도 좁은 차원과 넓은 차원이 있고, 인간적 차원과 신적 차원이 있다. 이 점에서 보면, 크레온 왕이 위에서 "앞으로도 내가 올바른 자보다 범법자를 명예롭게 여기는 일은 결코 없을 것이오"라고 말했을 때, 그가 말하는 "올바른 자"란 참으로 올바른 자가 아니라 국가의 안녕을 우선하는 자일 뿐임을 우리는 확인한다. 그의 정의란 그 자신과 국가의 이해관계에 한정되어 있는 것이다. 안티고네가 대항한 것은 이 협소한 정의감이었다. 바로 이런 맥락에서 안티고네는 결국 승리한다고 해야 할 것이다.

協소한 정의감

크레온과 안티고네의 투쟁에서 크레온은 물론 국가 권력을 대변한다. 그는 국가적 에토스를 구현하지만, 그렇다고 독재자이거나 악한인 것은 결코 아니다. 그는 오히려 이성적 인물로서 자리한다고 할 수 있다. 다른 나라 군대로 조국을 침범한 폴리네이케스에 대한 그의 응징은 납득할 만한 것이기 때문이다. 이런 이유로 안티고네와 크레온을 각각 선과 악의 화신으로 이분화하는 해석은 잘못된 것이다.

하지만 크레온은 다른 사람이 하는 말을, 그가 누구이

든, 귀 기울이지 않는다. 그는 어쩌면 국가주의적 이데올로기의 광기에 사로잡혀 있는 지도 모른다. 그래서 그는 자신의 국가권력으로 안티고네에게 죽음을 선고하지만, 극이 전개될수록 그의 입지는 줄어든다. 그에 대한 저항은 늘어나기 때문이다.

그리하여 안티고네에 이어 이스메네가 그를 거부하고, 나중에는 아들인 하이몬까지 그의 말을 듣지 않는다. 갈등은 증폭된다. 이렇게 고조되는 갈등의 정점에는 안티고네의 결단이 있다. 이 결단의 핵심은 그녀 '자신의 길을 가는' 데 있다. 그녀를 고통스럽게 하는 것은 '비굴하게(in Entwürdigung)' 사는 것이기 때문이다. 그러니까 자기 길을 가는 것은 '품위(Würde)'이다.

'비굴(in Entwür-digung)'하게 살지 않고 '품위(Würde)'있게. 목숨을 버릴지라도 자신의 길을 가는 것

안티고네는 품위 있는 삶을 선택하지만, 그러나 이 삶은 현실에서 불가능하다. 그리하여 그녀는 이 고귀한 선택으로 인한 배신자가 되는 것도 마다하지 않는다. 그래서 그녀의 행위는 '성스런 악행(Heimtücke heiliger Art)'이 되는 것이다. 그녀는 국가에게 배신자가 되기를 선택함으로써 자기 나름으로 품위를 견지하고자 하기 때문이다.

이렇게 대항하는 것은 안티고네뿐만 아니라 그녀의 동생 이스메네도 마찬가지다. 언니가 처벌의 위험에 처

한 것을 안 이스메네는 자신도 매장에 가담했으니 함께 벌을 받겠다고 나선다. 그러나 안티고네는 거절한다. 왜냐하면 그녀가 그 일에 참여할지를 물었을 때, 동생은 원치 않았기 때문이다. 그래서 안티고네는 말한다. "'말'로만 사랑하는 자를 나는 사랑하지 않아. (…) 너와 무관한 일을 네 것으로 삼지마라. 나의 죽음으로 충분하니까." "너는 살기를 택했고, 나는 죽음을 택했으니까."[11]

그러나 안티고네가 선택한 무한한 정의 아래에서는 대립하던 두 힘도 똑같이 타당할 것이다. 신적 정의 아래에서는 어떤 것도 완벽하게 정당하거나 완벽하게 부당하지 않을 것이기 때문이다. 그리하여 충돌은 완성되고, 여기로부터 화해의 가능성이 생겨난다.

이제 남은 인물은 안티고네의 약혼자인 왕자 하이몬이다. 하이몬은 매사에서 크레온 왕의 결정에 기꺼이 따르려 한다. 그리고 이런 결정이 그 어떤 것보다 이익을 가져다주리라고 믿는다. 그러면서도 그는 거리의 사람들이 생각은 해도 법 때문에, 또 왕이 무서워 말 못하고 중얼대는 소리를 대신 전한다. 이 노래는 비극『안티고네』를 이끌어가는 소포클레스의 주된 문제의식인 것처럼 보인다.

"너와 무관한 일을 네 것으로 삼지마라. 나의 죽음으로 충분하니까 …… 너는 살기를 택했고, 나는 죽음을 택했으니까"

지금까지의 그 어떤 여인보다도 죄 없는 그녀가 그토록 아름답고 영광스런 행위 때문에 가장 비참하게 죽어야 하다니! 피비린내 나는 싸움에서 쓰러진 자기 오빠를 아무런 무덤 없이, 야생 개나 어느 새가 찢으며 먹어치울 때까지 내버려두지 않았으니, 그녀야말로 황금으로 된 화환을 받아야 하지 않는가?

(…) '당신'이 말하는 것만 옳고, 다른 사람은 틀렸다는 생각은 제발 품지 마세요. 누군가 오직 자기만 똑똑하고, 그 누구도 자기만큼 유창하다고 여긴다면, 그런 영혼이야말로 잘 따져보면, 속이 텅 빈 것으로 드러나지요. 현명한 사람이라면, 그는 여전히 많이 배우고, 고집 부리진 않아요. 그것은 그에게 치욕이 아니니까요.[12]

그러나 이렇게 전해지는 아들의 노래에 수긍할 크레온 왕이 아니다. 그는 하이몬이 아직 철없는 애송이에 불과하다고 치부한다. 아들은 여전히 미숙하고 분별없다는 것이다. 하지만 하이몬은 자신이 그저 범법자를 존중하라는 것이 아니라, 테바이의 온 시민이 생각하는 바를 전할 뿐이라고 덧붙인다. 그렇다면 이 시민들의 말을 따라야 하는가? 크레온 왕의 이런 반문에 대응하는 하이몬

의 말은 중요하다. "국가란 그저 '한' 사람에게만 속하는 것이 더 이상 아니에요!"¹³

그리하여 하이몬은 결국 아버지의 행동이 잘못되었음을 지적한다. 왕의 과오는 단지 그가 자신의 통치권을 존중하는 데 있는 것이 아니라, 그런 통치권의 이름으로 신의 명예를 짓밟은 데 있기 때문이다. 그래도 크레온 왕은, 안티고네가 살아 있는 동안, 그녀와 하이몬의 결혼은 허락할 수 없다고 선언한다.

관용과 화해

결국 하이몬은 떠난다. 이어서 안티고네도 끌려간다. 결혼축가는 물론 아무런 애도도 받지 못한 채 그녀는 끌려가는 것이다. 이제는 누구도 그녀의 운명을 위해 눈물을 흘리지 않는다. 함께할 친구도 없다. 그렇게 끌려가며 그녀는 다시는 햇빛을 보지 못할 것이라고 탄식하지만, 그럼에도 그녀가 가닿을 지하의 세계에서 세상을 떠난 어머니와 아버지 그리고 오빠가 자신을 반겨줄 것이라고 스스로 위로한다.

안티고네는 아무도 살지 않는 어느 석굴에 갇혀진 후, 마치 탄탈로스의 딸 니오베가 그러하였던 것처럼, 비참하게 죽어간다. 그것이 아버지의 죗값을 치르는 일인지도 모른다. 극을 끝맺는 그녀의 마지막 외침은 이렇다.

하지만 바른 생각을 가진 사람이라면, 할 만한 일을 했다고 할 거예요. 왜냐하면 내 자신의 아이나 남편을 위해서라면, 그들이 죽었다고 해도, 어머니나 아내로서 국가에 대항하여 이런 수고를 결코 하지 않았을 테니까요. (…) 만약 남편이 죽었다면, 또 다른 남편이 있을 터이고, 아이도 역시, 잃는다면, 또 다른 남편에게서 낳을 수 있겠지요. 하지만 두 부모가 흙으로 덮여있다면, 새 오빠는 다시 태어나지 않겠지요.

이것이 내가 오빠를 우선시한 이유이지요. 그러나 그것 때문에 크레온은 나를 죄악시한 법이기도 합니다. (…) 내가 어긴 신의 법이 있나요? 왜 나는, 이 가엾은 자는 아직도 신을 바라보아야 하고, 누구의 도움을 청해야 하나요? 그들은 나를 '불경하다'고 부르고, 그 말은 신에 대한 '공포'를 불러일으켰지요.

'그렇게 하는 일'이 신의 왕국에서 아름답고 좋은 것이라면, 나는 그것을 참고, 내 자신이 불경한 자임을 시인하겠어요.

하지만 여기 '저들'이 죄를 범하고 있지만, 그러나 그들이 만약 '내게' 저지른 부당한 일보다 더 나쁜 일이 '그들에게' 일어난다면, 그것도 슬픈 일![14]

위의 글에서 밝혀지는 것은 안티고네가 왜 오빠 폴뤼네이케스의 장례를 치러줘야 했던가에 대한 이유다. 그녀는 자기 아이나 남편이 죽었다면, 그렇게 하지 않았을 것이라고 말한다. "만약 남편이 죽었다면, 또 다른 남편이 있을 터이고, 아이도 역시, 잃는다면, 또 다른 남편에게서 낳을 수 있겠지요. 하지만 두 부모가 흙으로 덮여있다면, 새 오빠는 다시 태어나지 않겠지요." 그러니까 그녀에게 오빠는, 비록 폴뤼네이케스와 다른 오빠라고 할지라도, 다시는 있을 수 없는 존재이기 때문이다.

그러나 모든 존재가, 오빠든 남편이든 아니면 아이이든, 가족의 구성원이라면 예외 없이 유일무이한 존재가 아닌가? 그리고 이 유일무이성은 존재하는 모든 것들에게도 해당될 것이다. 그런 점에서 안티고네의 이유에는 납득하기 어려운 데가 있다.

하지만 인용문에서 핵심은, 이미 언급했듯이, 개인윤리와 국가법규 사이의 충돌이고, 이 두 축을 지탱하는 것은 각각 경건함과 권력이다. 크레온 왕이 대변하는 바인 전체 혹은 국가의 법은 그 어떤 것에 의해서도 침해되어선 안 된다. 권력을 침해하는 모든 것은, 그것이 윤리나

비극과 심미적 형성

신성이라고 해도, 용납될 수 없다. 그리하여 국가 안에서 시도되는 개인 윤리의 길은, 안티고네의 삶이 보여주듯이, 겉으로 명예로울 수 있을지 모르나 실제로는 비참을 감수해야 한다. 한쪽에서는 신성한 행위가 다른 쪽에서는 범죄행위가 되는 것이다. "불경한" 행위는 "아름답고 좋은" 일일 수 있다. 이 모순의 길, 모순 속의 온당한 길을 안티고네는 거리낌 없이 간다.

그리하여 그 길은, 다시 한번 더 강조하여, 혹독하다. 그 길의 종착점은 죽음의 왕국―지하세계이기 때문이다. "너는 네 자신의 법칙에 따라 유일한 인간으로 산 채 지옥으로 걸어내려갈 거라네."[15] 하지만 그 불행한 길을 가면서도 그녀는, 놀라운 것은 바로 이 점인데, 자기를 죽음으로 몰아넣는 자들―크레온 왕과 그 무리를 그리 탓하지 않는다. 크게 탓하기는커녕, 자신에게 행해진 것보다 더 부당한 일이 있지 않기를 간구한다. "하지만 여기 '저들'이 죄를 범하고 있지만, 그러나 그들이 만약 '내게' 저지른 부당한 일보다 더 나쁜 일이 '그들에게' 일어난다면, 그것도 슬픈 일!"

이것은 화해의 감정이 아닐 수 없다. 말하자면 자기에게 부당한 짓을 행했던 자들에게 항변을 하긴 하지만, 그렇다고 그 항변이 원한의 감정이 되지 않게 하는 것, 그래서 그들이 죗값을 치러야 한다면 그 대가 역시 정당한 선을 지켜야 하고, 그 선을 넘어 과도한 것이 된다면, 나 역시 "슬퍼할" 것이라는 것이다.

이렇게 하여 안티고네의 탄식은 미움이 되지 않고, 그녀의 절망은 원한이 되지 않는다. 그녀는 외친다. "나는 함께 미워하기 위해서가 아니라, 이전부터 함께 사랑하기 위해 살아가지요."[16] 그녀를 밀고 나가는 것은 증오의 감정이 아니라 사랑의 감정인 것이다.

함께 미워하기 위해서가 아니라 함께 사랑하기 위해서

아리스토텔레스가 말한 대로, 비극에서의 행동이 공포와 비탄을 철저하게 겪음으로써 카타르시스를 일으킨다면, 이 비극적 카타르시스는 바로 이 모든 행동을 끌고 가는 힘으로서의 파토스로부터 올 것이고, 이 파토스의 윤리적이고 진실하며 이성적인 요소 덕분일 것이다. 이 윤리적이며 이성적인 정열 덕분에 우리는, 비극에서의 충돌과 고통에도 불구하고, 삶의 새로운 질서 그리고 이 질서 속의 해방감을 경험할 수 있을 것이다. 비극의 해방감은 곧 고통을 통해 예감하는 고양된 삶의 가능성이다. 그것은 화해의 상태와 다르지 않다.

화해는, 헤겔의 사유가 보여주듯이, 단순한 조화 아래 이뤄지는 것이 아니라 갈등과 대립을 관통하면서, 개별적인 것들이 놓인 각각의 상대성과 일방성을 줄이는 가운데, 조금씩 이뤄진다. 비극적 행위의 경과 가운데 편견이나 확신이 줄어드는 것은 이런 경로 속에서다. 삶의 진정한 화해는 오직 불화와 분열을 견디면서 잠시 실현될 뿐이다.

3. 파편화 – "현대적 산문상태"에서

지금까지 우리는 안티고네의 윤리적 정당성을 구성하는 여러 요소들 — 결단과 품위, 신법과 정의, 그리고 관용과 화해 등을 살펴보았다. 삶에서의 갈등이란 하나의 부당성과 또 다른 부당성 사이의 충돌이 아니라 두 개의 서로 다른 정당성 사이의 충돌이고, 그 때문에 손쉬운 해결책이 없는 난관이 발생하며, 이 난관으로 하여 비극은 불가피하다. 안티고네의 행동이 보여주었듯이, 자기 길로의 결단이 행해지지 않을 수 없다.

이 대목에서 잊지 말아야 할 사실은 이 정의의 길이 단순히 보복이나 복수를 하기 위한 것이 아니라 보다 나은 삶의 가능성을 위한 관용과 화해의 시도라는 점이다. 이때의 화해가 그러나, 거듭 강조하여, 손쉬운 화해일 수는 없다. 그것은 온갖 모순과 충돌을 뚫고, 불화와 차이

정의의 길은 보복이나 복수를 위한 것이 아니라 보다 나은 삶의 가능성을 위한 관용과 화해의 시도이다

를 견뎌낸 화해이다. 그리하여 이 화해는 그 자체로 부정적이고 변증법적이며 자기지양적이어야 한다. 삶의 품위는, 적어도 오늘날의 삶에서의 그것은 이런 모순과 자기이반을 이겨내지 않으면 안 된다. 이것은 헤겔이 『미학』을 쓰던 1830년 당시에 이미 시작된 것이었다.

개개인은 주체로서 행동하긴 하지만, 그들은 이미 기존의 사회에 매어있고 국가적 질서에 예속되고 있었고, 그러니 만큼 그들에게 주어지는 관심이나 활동 그리고 목적은 '부분적'이었기 때문이다. 이러한 근대적 부분성은 오늘날에 와서 파편적 형태 속에 더욱 강화된 것으로 보인다. 이런 점에서 현대적 파편성이 그 맹아적 형태를 보이던 1800년대의 시대적 성격을 한번 돌아볼 필요가 있다.

가령 당시의 군주들은, 비록 왕이긴 하지만, 신화시대의 영웅들처럼 모든 것 위에 더 이상 군림하기 어려웠다. 그들은 법과 제도 같은 이미 확립된 제약 속에서 움직여야 했다. 그리하여 근대적 개인은 그리스적 영웅처럼 자기 행위의 전체에 대해 책임지는 것이 아니라 자기가 알고 있는 부분에 대해서만, 혹은 자기가 관련맺거나 행동한 부분에 대해서만 책임지려 한다. 개인은 그만큼 부분적이고 파편적인 개체로 왜소해져버린 것이다.

이 한계를 헤겔은 저 유명한 개념인 '산문적 상태'라고 불렀다.[17] 사실 여기에는 헤겔의 역사철학적 고찰이 결부되어 있고, 그러니 만큼 좀더 자세한 보충이 필요하다. 헤겔은, 잘 알려져 있듯이, 예술을 분석하면서 역사를 크게 세 단계의 시대 ―"황금시대" 혹은 "목가적 시대"와 "영웅시대" 그리고 "시민사회"로 구분하였다.[18] 황금시대란 명예욕이나 소유욕이 사라지고 인간이 순진무구한 상태에서 그 욕구가 모두 충족되는 자연의 이상적 낙원상태를 일컫는다. 여기에서 세속적인 것은 배제되어 있다. 그 대신 정신은 빈곤함을 면치 못한다. 이에 반해 영웅시대는 이런 목가적 상태의 정신적 빈곤을 극복하기 위해 더욱 고귀하고 심오한 열정을 추구하는 시기다. 이것은 고대 그리스의 서사시적 세계에서 잘 나타난다.

헤겔의 세 단계 역사 시대 ― 황금시대/영웅시대/시민사회

고대 그리스 시대는, 헤겔이 파악하기로는, 기본적으로 법이 있기 전의 시대였다. 따라서 각자는 자신의 힘과 용기에 따라 행동한다. '조국'이나 '윤리' 혹은 '가문' 같은 개념들이 아직 완전히 정립되지 않았고, 그 때문에 행동의 주체에게는 개인적 결단과 선택의 여지가 더 많았다. 그러니 만큼 개인에게는 개인의 생각과 집단의 이념을 하나로 묶을 여지가 많았다. 혹은 적어도 그렇게 많아

보이는 시기였다. 영웅이란 그런 힘과 용기를 지닌 행동적 인간을 일컫는다. 그들은 스스로 먹을 음식을 구하고 무기를 직접 만들며 향유하고 발견하면서 좀더 보편적이고 윤리적인 목적을 추구했다.

이 많은 여지가 다른 한편으로는 행동과 그 결과의 간극을 더 높이는 결과를 낳는다. 그래서 각 개체는 전체와 분리되지 않으며, 개별성은 보편성과의 일체감 속에서 살았다고 간주된다. 그리스 시대의 영웅적 개인들은 자기의 성격과 생각의 독자성에 따라 행동한 것이다. 비극은 바로 이런 간극으로부터 생겨난다. 즉 개인의 결단과 외적 상황, 주체의 신념과 공동체의 질서 사이의 간극이 크면 클수록 비극의 재앙적 결과는 더 극심하게 된다.

이에 반해 로마시대에는 법이 있었다. 로마인은 법에 따라 도시를 세웠고 국가를 건설했다. 이때의 행동은 개인적 영웅적인 성격을 띠기보다는 국가 전체의 권력과 위엄을 더 고려하는 것이었다. 그리스 영웅들이 국가 없는 상태에서 스스로 권리와 법과 윤리를 대신하고자 했다면, 로마 시대의 개인은 이미 존재하는 국가와 권력과 법의 질서 속에 편입되는 존재였던 것이다.

이런 맥락에서 보면, 그리스의 영웅은 더 자유롭고 독자적이며 주체적이었다고 할 수 있을 지도 모른다. 그리

비극과 심미적 형성

스적 영웅은, 아가멤논 혹은 헤라클레스가 보여주듯이, 세계를 '하나의 전체'로 느끼고, 이 세계와 자신 사이 상정되는 일정한 통일감 속에서 행동한다. 따라서 개인과 가족의 구분은 그에게, 현대인에게서와는 다르게, 구분되지 않는다. 조상이 지은 죄는 자손에게까지 계승되고, 앞선 세대에 저질러진 죄는 후세 가문 전체가 책임져야 한다고 여긴다. 개인은 단순히 낱낱의 개인이 아니라, 그가 속한 가문과 종족의 일원으로 간주되었기 때문이다. 가문의 성격과 운명이 모든 개개인에게도 해당된 것이다.

그리하여 개별성과 보편성 사이의 균열은 그들에게, 적어도 의식적으로는, 없다. 각 개인은 개인이면서 전체의 일원으로 살고, 그래서 이른바 '구체적 보편성의 담지자'로 생활한다. 개체와 전체 사이의 이러한 일체감은 그러나 문명화된 시민사회로 오면서 깨진다. 이 근대세계에서 작동하는 것은 보편적이고 윤리적인 힘이 아니라 국가의 법률이고 제도이고 의무이기 때문이다. 그리고 이런 법적 질서는 로마시대 이후부터 계속적으로 강화되었다.

여기에서 초점은 고대 그리스 시대의 개인의 특성—영웅으로서의 특성이다. 그들 각자에게 있어 공동

각 개인은 개인이면서 전체의 일원이며 '구체적 보편성'의 담지자이다

체 전체의 문제는 분리되지 않았고, 그 때문에 그들은 자신의 죄를 다른 누구와 나누고자 하지 않았다. 그들은 자기 행동의 결과에 대해, 설령 그것을 몰랐다고 해도, 그 전부를 기꺼이 짊어지고자 한다. 그들은 자기가 객관적으로 행하는 행위는 모두 자신의 소산이라고 믿기 때문이다. 헤겔이 소포클레스의 비극 작품에 주목한 것은 고대 그리스적 개인의 이러한 영웅적 특성들—개체와 전체의 통일성이나 보편성이 이 작품들에 가장 잘 나타난다고 보았기 때문이다.

그러나 삶의 이러한 전반적 산문화·부박화는, 전체적으로 보아, 개인화의 경향이 가속화되는 현대에 들어와서 더욱 심해진다. 근대 이후의 주체는 한편으로는 개인주의의 근대적 슬로건 아래 개인적 자유를 누리지만, 그를 에워싼 사회정치적 체제에, 특히 자본주의적 이윤체계에 그 어느 때보다 예속되는 존재인 것이다.

그리하여 근대 이후의 행동을 움직이는 것은 파토스를 지탱하는 어떤 본질적이고 숭고한 정당성이 아니다. 즉 윤리적 정당성이 아니라 지극히 사적인 관심사와 지배욕 아니면 소유와 명예에 관련된 충동이다. 혹은 그럴 듯한 명분 아래 행해진 많은 행위들도 그 뒤에는 나쁜 의도와 무가치한 목적이 자리하기 일쑤다. 그리하여 삶의

근대 이후의 파토스는 본질적이고 숭고한 충동이라기보다 사적인 관심사와 지배욕이나 소유와 명예에 관련된 충동들이다

세계를 이루는 갈등은 이제 공허하거나 부질없거나 천박한 것으로 여겨진다. 바로 이 때문에 비극적 충돌은, 헤겔이 지적했듯이, 오늘날 일어나기 어렵다. 적어도 고대 그리스적 의미의 파토스는 생겨나기 어렵다. 오늘날의 대립에서는 보편적 정신을 담은 윤리적인 가치의 충돌이 일어나지 않는다.

그러나 그럼에도 불구하고 오늘날 비극 작품을 읽는 것은, 그래서 이 비극적 행동의 윤리적 정당성을 확인하고 그 파토스에 공감하는 것은, 아니 그렇게 공감할 뿐만 아니라 그런 감정의 공유 속에서 스스로 그런 덕성을 키우는 것은 참으로 중요한 일이 아닐 수 없다. 왜냐하면 파토스는, 이미 살펴보았듯이, 보편성에 대한 윤리적 이성적 열정이고, 비극에서의 성격이란 개체성 속에 일반성이 통합될 때 나타나는 인성이었기 때문이다. 어떤 것이든, 비극 작품의 읽기는 개체적 독자성을 연마하는 데로 나아간다.

4. 쾌활한 평온으로

비극적 주체란 독자적 개인이다. 그러나 그는 자신의

바로 이 독자성을 주장하고 또 견지하려 하기에 몰락해 간다. 그래서 비극적이다. 그러나 이 몰락의 위험에도 불구하고 그는 그러나 쉽사리 낙담하지 않는다. 오히려 그는 꿋꿋하고, 나아가 쾌활하기까지 하다. 그러나 이 쾌활성 혹은 밝은 마음은 쉽게 드러나지 않는다. 내면화되는 까닭이다. 그렇다는 것은 어떤 절제가 있다는 뜻이다. 바로 이런 절제로 하여, 이 절제 속의 매진으로 하여 그는 더 나은 삶의 상태로 나아가는 듯하다. 차례로 살펴보자.

비극적 주체 = 독자적 개인

헤겔은 비극에서의 참된 내용은 보편성 그 자체로 나타나선 안 된다고 말한다. 그렇게 될 경우 그것은 추상적으로 보일 것이기 때문이다. 그것은 하나의 구체적 사례로 생생하게 나타나야 한다. 행동이 필요한 것은 그것이 구체적이고 개별적인 까닭이다. 그리하여 비극의 이념은 구체적 행동 속에서 실현되어야 한다.

이렇게 바른 이념을 개인의 행동 속에서 드러내는 것이 예술작품이고, 무엇보다 비극이라는 장르다. 모든 비극적 행위는 '그 자체로 개별화되어(an sich selbst individualisiert)' 나타나야 한다. 그런 점에서 모든 비극적 주체는 근본적으로 독자적 개인이다. 이것은 헤겔이

모든 비극적 주체는 근본적으로 독자적 개인이다

서양사에 있어 최고의 예술작품으로 간주한 소포클레스의 비극에 나오는 인물들이 영웅이라는 것, 이 영웅들의 시대란 "개인적 독자성"의 시대라는 것, 그리하여 그의 비극 분석에서 핵심 개념인 행동을 크게 '개인적 독자성의 재구성'이라는 측면에서 파악했다는 점에서도 드러난다.[19] 헤겔 비극론의 결론도 궁극적으로는 근대적 의미의 개인, 말하자면 '독자적 개인을 어떻게 양성하고 교육하고 장려할 것인가'로 수렴되지 않나 여겨진다.

그러나 모든 개인성이 다 좋은 것은 아니다. 좋은 개인성이란, 주체의 행동이 자의적으로 행해지는 것이 아니라 책임 있게 이뤄질 때만, 비로소 실현되기 때문이다. 주체의 행동이 방종 아래 행해진다면, 그의 독자성이란 거짓 독자성이기 때문이다. 아무렇게나 행해지는 주체의 실천에는 그 어떤 실체성도 없을 것이다. 헤겔은 이것을 '산문적인 것(das Prosaische)', 말하자면 재미없고 지루하며 진부한 것이라고 여겼다. 참된 개인성은 주체의 행동이 개별적으로 이뤄지되 이 개별적 행동에는 본질적 일반적 요소를 담고 있어야 한다. 그래서 진실하게 느껴져야 한다. 행동적 주체의 개별적 보편성은 이렇게 해서 생겨난다.

독자적 개인의 등장은, 역사의 보다 큰 맥락에서 보자

면, 근대세계의 등장과 일치하고, 문예사조적으로는 낭만주의의 등장과 일치하며, 정치적으로는 국가와 시민사회의 등장과 일치한다고 할 수 있다. 또 현실적 차원에서 보자면, 삶의 모험성이 점차 줄어들면서 생활세계 전체가 점차 규범화-법률화-제도화되어가는 과정 속으로 편입해가는 것을 뜻한다. 그리하여 경찰이나 군대가 조직되고, 국가의 법과 제도가 정비되면서 삶의 체계는 더욱 조밀해지고, 시민사회의 규율이나 직업상의 요구도 늘어나며, 가족이나 결혼에서의 의무도 더해진다. 이것이 바로 근대적 의미의 시민사회적 상황이다.

이제 개인은 더 이상 종교나 이념 같은 절대적 내용에 매달리기 어렵고, 신분이나 혈통 같은 선천적 가치에도 덜 집착하게 된다. 기존의 규범이나 가치질서는 더 이상 타당하지 않기에 개인은 그 체계의 밖에서 자신의 소망을 실현시키고자 애쓴다. 그때까지 유행하던 기사문학이나 전원소설은 이런 파편화된 현실에서 더 이상 자리하기 어렵다. 개인은 이 산문 현실 앞에서 이 현실과 대립하고 이 현실에 패배하면서 자기 내면으로 파고든다. 낭만주의 문학은 여기로부터 나온다.

이 내면성의 절대화 속에서 주관성이 해체되면서 근대세계로의 길은 더욱 급속히 진행된다. 여기에서 헤겔은 낭만적 예술형식의 붕괴를 보았다. 그러나 그 길이 마냥 탄탄대로인 것은 아니다. 그것은 많은 이질적 요소들이 뒤엉킨, 복잡하고 기이하며 모순에 찬 것들이기도 하다.

근대의 과정 속에서 개인의 가능성은 법 앞의 평등과 인권에도 불구하고 사실상 위축되어 가는 균열의 과정이다

그리하여 근대화 과정이란, 범박하게 말하여, 법질서-제도-국가가 더욱 강화되어 가면서 개인의 가능성은, 겉으로는 내세워지는 법 앞의 평등과 인권에도 불구하고, 사실상 위축되어가는 심각한 균열의 과정이라고 해야 한다. 그래서 삶의 갈등과 불화는 이전 시대보다 훨씬 미묘하게 일어나면서 대립은 격화되는 것이다. 이것이 바로 근대 부르주아 문명사회의 비문명적 폐해라고 할 수 있다. 근대의 주체는, 왕마저도, 자유로운 듯 보이지만, 헌법과 법률에 의한 체제 안에서 통치하기 때문에, 그렇게 자유롭지 못한 것이다.

"고요의 쾌활성"

그러면 어떻게 해야 하는가? 헤겔적 의미의 근대를 이미 200년 이상이나 지나온 오늘날의 탈근대의 현실에서는 독자적 개인성은 어떻게 회복할 수 있는가? 이것에 답하기 위해서는 비극적 주체의 행동을, 그 행동의 경로를 살펴보아야 한다. 오이디푸스의 경우를 보자.

우리가 보았듯이, 오이디푸스는 자신이 아버지를 죽이고 어머니와 결혼할 것이라는 신탁에 대해 그 이유가 무엇인지 알아보고자 애쓴다. 그러나 그는 신탁 자체를 무시하거나 부정하지 않는다. 그리하여 그는, 전체적으로 보아, 운명에 예속되어 있는 것처럼 보인다. 그는, 안티고네가 그러하듯이, 무엇인가에, 그것을 '다이몬(daimon)'이라고 부르든 '아테(Ate)'라고 부르든, 어떤 알 수 없는 힘에 강하게 사로잡혀 있다. 그것은 사람을 압도하는 어둡고 초자연적인 힘이다.

그러나 그렇다고 오이디푸스가 그 자신을 상실했다고 보기는 어렵다. 이 어두운 힘 앞에서 그는 생명의 위협 속에서도 '왜'라고 묻기를 포기하지 않기 때문이다. 그리하여 그의 진실추구의 역정은 계속된다. 그리고 그런 역정 속에서 오이디푸스는 자유의 인간으로 입증된다. 여기에 대해 헤겔은 이렇게 쓴다.

> 왜냐하면, 비극적 주체는, 그가 운명에 굴복한 것으로 묘사될 때에도 '그렇게 되었군'이라고 말하면서도 그 감정은 단순한 자기 자신으로 돌아가기 때문이다. 그러면서 주체는 자기 자신에게 여전히 충실히 머문다. 그는 자신이 빼앗긴 것을 포기하지만, 그

비극과 심미적 형성

러나 그가 추구한 목표는 빼앗기지는 않는다. 오히려 그는 그것을 내버려두지만, 그렇다고 그 때문에 자신을 잃지는 않는다. 인간은, 운명에 예속되고 생명을 잃을 수 있지만, 그러나 자유를 잃지는 않는다. 고통 속에서도 고요의 쾌활성을 보존하고, 이 쾌활함을 나타나게 할 수 있는 것은 바로 자기 자신에의 근거하는(Beruhen auf sich) 일 때문이다.[20]

비극적 주인공의 특성은, 적어도 결론적으로 파악한 그것은, 세 가지로 요약될 수 있다.

1) 그는 운명에 굴복하지만, 자신마저 잃지는 않는다.

2) 자기의 견지란 곧 자유의 견지다.

3) 이 자유 속에서 그는 자기에 근거하고 자신에 충실하면서 '쾌활할' 수 있다. 그는 운명에 예속될 수도 있지만, 그러나 고통 속에서도 "고요의 쾌활성(die Heiterkeit der Ruhe)"을 누리기 때문이다. 눈물 속의 미소, 고통을 통한 정화가 일어나는 것은 이런 맥락 속에서다. 그래서 헤겔은 쓴다. "고통과 기쁨을 소리질러 외치는 것으로 음악이 되는 것은 아니다."[21]

주체의 내면에서 확인되는 고요의 쾌활성이란 곧 정신의 쾌활성이다. 정신의 쾌활성은, 헤겔이 보여주듯이, 비극 작품에서만 나타나는 것이 아니다. 그가 예찬한

모든 뛰어난 예술작품에는 숭고한 영혼이 담겨있고, 이 숭고한 영혼은 운명을 견디는 내면적 쾌활성에서 온다

1600년대의 네덜란드 풍속화나 무리요의 천진스럽기 그지없는 아이 그림에서도 나타난다. 그것은 '더 높은 영혼(eine höhere Seele)'의 증거가 아닐 수 없다. 모든 뛰어난 예술작품에는 이런 높은 영혼이 담겨있고, 이 영혼은 운명을 견디는 내면적 쾌활성에서 온다.

이 쾌활성으로부터 삶은, 그 불리한 한계조건에도 불구하고, 즐겁고 기쁜 것이 된다. 인간에게는 한계조건을, 아니 이 한계조건마저 즐길 정당한 이유가 있다. 이것을 헤겔은 "어떤 정당한 향유의 정신적 쾌활함(geistige Heiterkeit eines berechtigten Genußes)"이라고 불렀다.[22]

정당한 향유의 정신적 쾌활함 (헤겔)

헤겔이 말하는 정신의 쾌활함과 고요한 마음 그리고 향유하는 자세는, 예를 들어 저명한 그리스 연구자인 키토(H. D. F. Kitto)가 "그리스인은 기질상 비극을 선호했지만, 인생을 가련하다고 여기지 않았다"거나, 호메로스의 작품에는 "비극이 저변에 흐르지만, 인생이 가치 없다는 느낌은 결코 아니다. 비극적 감수성이지 우울증은 아니다."라고 쓸 때, 또 "『일리아스』와 그리스 문학의 대부분에서 울려 나오는 비극적인 가락은 이 두 힘, 즉 삶에 대한 열정적인 기쁨과 변화시킬 수 없는 삶의 큰 틀에 대한 분명한 인식 사이의 긴장에 의해 만들어졌다."고 쓸 때,[23] 이런 평가에 담긴 생각과 이어진다. 이것은 또 고대 그리스인들이 이른 숙명론적인 운명의 강제 같은 생각을 알지 못했다는 것, 이 운명론은 '운명(fatum)'이라는 말이 생겨난 로마 시대에 이르러서야 비로소 등장한다는 것, 따라서 『오이디푸스 왕』을 일종의 운명극으로 보는 관점은 완전히 틀렸다는 볼프강 샤데발트의 설득력 있는 지적과도 상통한다.[24]

인간이 자기가 속한 사회와 국가와 자연 속에서 의미를 만들어가야 하는 것이라면, 싸움은 불가피하다. 선택은 이런 갈등을 증폭시킨다. 그러나 그는 갈등과 싸움 속에서도 더 나은 삶의 상태로 나아가려 한다. 파토스는 그런 이행의 움직임이요 이행하려는 주체의 독립적 의지이다. 이 의지에는 투쟁만큼이나 화해의 이념도 있고, 부정(否定)의 정신 이상으로 고요하고 쾌활한 마음도 있다. 바로 이 마음─쾌활한 정신의 향유하는 마음속에 비극적 주체의 온갖 파토스가 다 들어 있는 것처럼 보인다. 뛰어난 비극은 이것을 특정한 감각질료 속에서 하나의 총체적 형태로 보여준다.

제3부

비극과 심미적 형성

비극과 심미적 형성

고대 그리스 비극 작품에서 묘사되는 것은 인간이 어떤 사건 속에서 어떤 행동을 하고, 이 행동이 어떤 결과를 초래하는가라는 문제다. 이 사건에서 인간은 이런저런 고민 끝에 어려운 선택을 하고, 이 선택은, 그것이 몇 가지 가능성 속에서의 하나의 선택인 한, 크고 작은 갈등을 유발한다. 그래서 충돌은 불가피하다. 그리하여 행동의 주체는 이런저런 이유로 몰락해간다.

여기에서 핵심적인 요소는 인간의 어떤 윤리적이고 이성적인 정열 ─ 파토스이고 성격이다. 왜냐하면 인간은 현실의 불가피한 몰락 속에서도 이런 윤리적 정열로 인해 보다 나은 상태로 나아가기 때문이다. 그리하여 필자는 고대 그리스 비극을 추동하는 것은 비극적 주체의 윤리적 정당성이고, 이 비극적 행동은 무엇보다 인간의 한계조건을 성찰케 한다는 사실을 앞의 두 장에서 지적하였다.

그렇다면 고대 그리스 비극 작품을 읽는다는 것은 오늘의 우리에게 어떤 의미를 갖는가? 인간이 무한한 가능성이 아니라 근본적인 한계조건 속에서 살아가고, 바로 그 때문에 충돌이 불가피하며, 이 충돌에서의 싸움이 하나의 정당성과 명백한 부당성 사이가 아니라 하나의 정당성과 또 하나의 다른 정당성 사이의 착잡한 싸움이라면, 그리하여 삶의 싸움이란 처음부터 어떤 결핍과 불완전을 전제하는 것이라면, 우리는 어떻게 해야 하는가? 게다가 오늘날의 삶이, 헤겔이 지적한 대로, 구태의연하고 맥빠진 산문세계상태라고 한다면, 그리하여 그가 권유한 대로 '개체적 독자성' 속에서 쾌활한 평온으로 나아가야 한다면, 이런 독자적 개인성이나 평온한 마음은 어떻게 체화될 수 있는가?

이 글은 바로 이런 문제—비극과 심미적 형성의 상호관계를 소포클레스의 두 작품 『오이디푸스 왕』과 『안티고네』에 비추어 살펴보려 한다. 즉 비극적 행위의 윤리적 정당성이 그 행위의 주체에게나, 그 행위가 제시되는 비극 작품의 독자에게 감각과 사고를 형성시키는 데 어떤 의미를 갖는가를 생각해보려 한다. 그런데 이것은 고대 그리스의 폴리스가 갖는 독특한 성격에서 이미 드러난다.

1. 폴리스 – 정치적 참여와 성격의 훈련장

소포클레스는 기원전 496년에 태어나 기원전 406년에 죽었다. 그의 앞에는 아이스킬로스(Aischylos)가 살았고, 그의 뒤에는 에우리피데스(Euripides)가 태어났다. 어머니가 노점상이었다고 하는 에우리피데스에 비해 소포클레스의 집안은 유복했다. 그의 아버지는 무기공장을 운영한 기업가였고, 그는 91년의 생애를 살았다. 그는 평생에 걸쳐 123편이나 되는 많은 작품을 썼고, 또 무려 18번에 걸친 비극 경연 우승에서 드러나듯이, 그 재능을 일찍부터 인정받았다. 그의 평생에 걸친 정치참여도 이런 맥락에서 이해될 수 있을 것이다. 대부분의 시인들이나 철학자들은 장수를 했고, 이를 두고 그리스의 밝고 맑은 날씨와 검소한 삶을 거론하는 학자도 있다.

소포클레스는 BC 480년 경(16세) 살라미스 해전 때 참모로 참전했고, 델로스 동맹 때는 재무장관으로 임명되어 페리클레스와 더불어 10인의 지휘관직에 선출되었다.(53세) 페리클레스 시대에서 아테네 민주주의는 가장 번성하였고, 그만큼 기원전 5세기는 발전적 사고와 모험심으로 가득 찬 시절이었다. 413년 아테네의 내정 위기 때는 국가최고위원 10인 가운데 한 사람으로서 헌법제정에 관한 일을 하기도 하였다.

이때 소포클레스는 이미 여든 살을 넘긴 나이였다. 또 신앙심 또한 깊어서 아스클레오피스(Asklepios)의 신전을 자기 집에 세워두었다고 전해진다. 아스클레피오스는 의신(醫神)이었고, 그래서 치유와 정결의 신이기도 했다.(그래서 의학 신의 이러한 순수나 오염의 모티브를 『오이디푸스 왕』에서 언급되는 역병과 연결지어 설명하는 논자도 있다.) 또 기원전 406년에 에우리피데스가 죽었을 때, 그 슬픔을 표시하기 위해 그 자신의 합창단으로 하여금 아무런 화환 없이 무대 위로 오르게 했다는 사실에서 소포클레스가 죽을 때까지―그것은 그가 죽던 해였다!―견지했던 인간됨을 말하는 사람도 있다.[1]

이 모든 정황은 소포클레스의 작품들이 그 당대 현실에서 대단한 인기를 누렸을 뿐만 아니라, 그의 인간됨에 대한 사회적 신망이 매우 두터웠음을 보여준다. 소포클레스는 28세 때의 디오니소스 제전의 비극경연에서 아이스킬로스를 물리치고 우승한 뒤 유례없는 전성기를 누린다. 저 유명한 에우리피데스조차 비극경연에서 4번밖에 우승하지 못했다는 사실을 떠올리면, 그의 문학적 성공이 세계문학사의 무대에서도 얼마나 희귀한 사건이었던가를 알 수 있다. 그의 작품은 순수 미학적 차원에

비극과 심미적 형성

머무는 것이 아니라 정치적 신념과 종교적 신심 그리고 윤리적 관심이 녹아들어간 연극이다. 이것은 좀더 넓은 맥락—폴리스(polis)가 어떤 의미를 지녔던가를 알아보면 분명하게 드러난다.

고대 그리스 시대의 폴리스는 단순히 정치조직의 한 형태가 아니었다. 그보다 훨씬 복합적이고 생활전체적인 의미를 가진 것이었다. 키토(H. D. F. Kitto)가 적절하게 썼듯이, 그리스인에게 폴리스는 "시민들의 사고와 성격을 형성하고 훈련시키는 적극적인 존재"였고, 그래서 "정치적 문화적 도덕적인 모든 삶을 포함하여 사람들의 공동의 삶 전체라는 의미도 가진다."[2]

정치행사든 사건에 대한 토론이든, 아니면 종교적 제의든 일상의 관심사든 모든 것은 이 폴리스를 통해 영위했고, 열려진 장소인 아크로폴리스에서, 또 이 아크로폴리스가 보이는 가까운 곳에서 그 구성원들이 직간접적으로 참여하는 가운데 일어났다. 『안티고네』에도 나오듯이, "국가란 그저 '한' 사람에게만 속하는 것이 더 이상 아니다!"[3] 다시 키토의 의견을 들어보자. "특권계급은 열린 마음으로 논쟁을 받아들였고, 대개 법원의 판결을 충실히 수용했다. 아테네인의 삶에는 공동의 이익, 즉 '토 코이논(To koinon)에 대한 생각이 깊이 배어 있었다."[4] 어떤 것이든 폭력에 의해서가 아니라 토론을 통해 합리적으로 해결하려 했고, 정치적 사고는 윤리적 실천이나 종교적 신앙심과의 깊은 관계 속에 자리했던 것이다.

아테네인의 삶에는 '공동의 이익'에 대한 생각이 깊이 배어 있다 (키토)

이런 맥락에서 고대 그리스인들에게 연극은 단순히 무대 위에서의 이야기에 그치는 것이 아니었다. 그것은 아테네의 모든 시민들이 참여하여 그로부터 정치적 결정과 인간적 교류 그리고 윤리적 덕목과 종교적 신실함을 배우고 익히는 개인적 형성의 무대이자 사회적 상호작용의 마당이었다. 이런 성격은 소포클레스에게 특히 강했다.

소포클레스는 아이스킬로스의 비극에 보이는 연작형식이나 사건의 연속적 배열을 따르지 않았다. 오히려 그의 작품은 개별적 요소에, 이 요소가 사건이든 인물이든, 집중하였다. 그리하여 소포클레스 비극에서 작품이 갖는 독립성은 두드러진다. 각 인물의 개성, 그 개별적 독자성은 이렇게 생겨난다. 각 개체는 비극적 사건으로 인한 고통을 홀로 짊어지는 담당자로서 나타나는 것도 이런 맥락에서다. 그 가운데 오이디푸스와 안티고네는 대표적이다. 그래서 키토는 적고 있다. "그리고 가장 놀라운 일은 오늘날 영화에 상응하는, 인민이 즐기던 오락이

역사상 가장 고귀하고 가장 완고한 연극이었다는 점이다. (…) 이 한 도시가 그리스와 유럽 문화에 끼친 기여는 너무나 놀라우며, 문명의 기준이 안락함과 신기한 물건들이 아니라면, 기원전 480년부터 기원전 380년까지의 아테네는 분명 지금까지 존재한 사회 중 가장 문명화된 사회다."[5]

그리하여 소포클레스에게 정치적 참여와 문학적 표현, 종교적 신앙심과 신에 대한 경외심, 그리고 중용과 자기절도에 대한 감각은 그의 내면에서 하나로 연결되어 있었을 것이다. 그렇다는 것은 그의 행동거지나 옷차림 같은 외양적 모습이 그의 정신적 지향점과 다르지 않았다는 것이고, 그러니 만큼 그는, 고대 그리스 사람들이 이상적으로 상정했던 "올바르고 선한 사람(kalós kai agathós)의 전형"이라고 볼 수도 있다는 뜻이다.[6] 소포클레스의 죽음 소식을 들었을 때 스파르타의 우두머리였던 리산드로스(Lysandros)는, 이 무렵 아테네는 비록 스파르타인들에게 포위된 채 점령되기 직전이었지만, 죽은 시인에 대한 존경심에서 그의 장례행렬이 자유롭게 지나가도록 했다고 전해진다. 아마도 덕성의 이런 총합적 현존이 소포클레스가 작품을 쓰는데, 그리고 인간을 이해하거나 현실을 인식하는 데 크게 작용했을 것이다. 그의 비극 작품이 지닌 긴장은 바로 이런 데서 나올 것이다.

2. 자기형성의 문화능력

독일어로 자기형성(Selbstbildung)이라는 말을 할 때, 이것은 좁게는 자기교육(Seblsterziehen)의 뜻이기도 하고, 넓게는 문화능력(Kulturfähigkeit)이기도 하다. 문화(Kultur/culture)라는 말이 '계발하다' 혹은 '가꾸다(cultivate)'라는 뜻에서 온 것을 고려하면, 문화란 개념이 교육과 형성의 핵심적인 사안임은 금세 드러난다. 계발하고 가꾸는 대상은 곧 우리의 마음과 심성, 성격과 자질인 까닭이다. 그리하여 형성의 개념은 정신과 영혼의 연마, 자질과 성격의 훈련이 되는 것이다. 그리고 이런 자질이 개인의 자질인 한, 형성의 문제란 곧 개인의 형성에 대한 관심으로부터 생겨난다.

문화는 교육과 형성의 핵심적 사안이다

그러므로 자기형성의 문제 밑에는 인간에 대한 관심이면서, 무엇보다 자기 자신에 대한 관심이 있다. 그러는 한 그것은 주체의 자기 자신에 대한 의식이 본격적으로 나타나는 근대적 소산이라고 할 수 있다. 자서전이라는 표현형식의 역사적 출현도, 루소의 『고백록』에서 보듯이, 이와 깊게 관련된다.

고백록이 시작된 것은, 첫 번째 자서전이라고 할 수 있는 아우구스티누스의 『고백록』(397~400)이 보여주듯이, 근대에 들어와서다. 라이프니츠의 단자론(單子論)은 인간을 포함하는 이런 개체 일반에 대한 자전적 관심의 철학적 표현이 될 것이다. 그러나 아우구스티누스에게 있어 자전적 관심은, 그의 『고백록』이 기독교적 믿음 아래 쓰여진 것인 한, 한편으로 자기 자신의 보존을 향해 있으면서도 다른 한편으로 이때의 자기란 신에 의해 조건지어지는, 그래서 신적 기준 아래 질타되거나 칭송받는 형식이었고, 그러니만치 그것은 주체형성의 문제나 이런 형성에서의 자유의지의 역할은 외면되었다고 볼 수 있다. 그러나 그렇다고 인간 개체성에 대한 관심은 그 전에 없었던 것일까? 반드시 그렇지는 않을 것이다.

인간 자신에 대한 관심

인간 자신에 대한 관심은 호머의 『일리아드』나 『오디세이』에 나오는 여러 인물들에게서, 이 인물들의 성격과 행동에 대한 구체적인 묘사에서도 잘 확인된다. 이것은 또 플라톤의 저서에서 보이는 어떤 개성적이고 독자적인 인물들에 대한 서술에도 들어있고, 또 아리스토텔레스의 『니코마코스 윤리학』에 나오는 개인의 다양한 행동에 대한 묘사에도 들어있다. 이러한 행동의 방식에서

인간의 성격이나 습관(êthos) 혹은 탁월성(areté)이나 본
질(eídos)이 나타난다.

　예를 들어 아레테라고 할 때, 그것은 흔히 번역되듯
이 덕성만 뜻하는 게 아니다. 그것은, 영어의 fine이 여러
가지 점에서 '좋은'이란 뜻을 갖는 것처럼, 인간에게 있
어 몸과 영혼과 정신에서의 강함이었고, 그래서 용감함
이나 선함이나 온화함을 뜻하기도 했고, 물건에서는 좋
은 '기능'과 '쓸모'를 뜻하기도 했다. 말하자면 아레테란
단순히 도덕적 미덕이 아니라 인간을 구성하는 온전하
고 완전하며 탁월한 일체를 의미하였다. 그런 점에서 그
것은 쉽게 변할 수 없는 것이고, 그래서 진실하게 보이는
존재의 형식—사물의 본질(eídos)과 연결되는 것이었다.
그러나 개체적 독자성이 나타나는 가장 생생한 예는 고
대 그리스의 비극 작품이라고 해야 할 것이다.

　소포클레스의 작품에 나오는 오이디푸스나 안티고네
혹은 크레온이라는 인물은 얼마나 생생한가? 어떤 사람
에게서 어떤 일이 일어나고, 이 일에서 그는 무엇을 하는
가? 그는 어떤 일로 고통받고 어떤 일로 즐거워하는가?
그리고 이런저런 운명의 엄습과 외적 규범의 강제에도
불구하고 왜 그는 자기믿음에 따라 행동하고, 또 행동하
려 하는가? 여기에서 그의 과오는 무엇이고, 이 과오에

도 불구하고 그가 도달하는 혹은 도달하려는 이상은 무엇인가? 이것들은 비극의 비극성에 대한 물음이고, 과연 비극적인 것이 무엇인가라는 물음이다. 이것은 여러 권의 책을 써도 모자랄 만큼 크고 중요한 문제다. 이와 관련하여 필자는 신화의 분화과정과, 이 과정에서 생겨나는 비극적인 것의 인식이 자기에 대한 관심과 어떻게 이어지는지를 간단히 스케치하려고 한다.[7]

신화의 분화

신화를 제대로 보려면, 키토가 지적하고 있듯이, 오비디우스나 후대 그리스 저자로부터 시작하는 게 아니라 그 처음부터 시작해야 한다. 수많은 신화는 여러 가지 민간전설이나 전승 혹은 의례가 결부되어 있었고, 그 때문에 이 신들 옆에는 신이라고 지칭할 수 없는 미지의 힘들—'신령'이나 '요정' 같은 힘들도 있었다. 이런 힘을 지칭할 때 그리스 인들이 쓴 단어는 신(God)이 아니라 '다이몬(Daimon)' 혹은 '아낭케(ananke)'라는 단어였다.

다이몬은 '신' 자체가 아니라 '신적인 것'이고, 더 정확하게는 신적인 것과 관계하는 일정한 방식이었다. 소크라테스의 마음 깊은 곳을 움직인 것도 바로 이 다이몬이었다. 그렇다는 것은 다이몬에는 에토스나 성격도 들어있다는 것을 뜻한다. 다양한 신들 중에는 부족이나 가족 혹은 가문과 결부된 신도 있었고, 비나 바람, 하늘과 땅과 관련된 신도 있었다. 이 다신교적 복잡성에 그리스인들은 일정하게 통일된 체계를 부여하고자 했다. 알 수 없는 힘들은 인간에게 이해될 수 있는 것이어야 했고, 그런 이해를 위해 설명을 붙이다보니 그것들은 자연스럽게 주로 인간의 형태를 띠게 되었다. 우주에는 규칙적 리듬이 있고, 자연의 이런 본성은 인간의 본성과 다른 것이 아닌 것으로 여겨진 것도 그런 이유에서일 것이다.

예를 들어 그리스 신화에 의하면, 최초에 혼돈이 있고, 이 혼돈으로부터 모든 것의 어머니인 대지가 나온다. 이 대지는 하늘(ouranos)을 낳고, 하늘과 대지가 결합되어 밤과 낮이 생겨난다. 이런 체계화에는 논리와 이성이 작용하고(사상은 이때 생겨난다), 우주에는 법칙이 작용하는 것으로 이해된다(여기에서 과학이 생겨난다). 또 이때 작용하는 신적 힘이 옳은 것이라고 할 때, 그 힘은 단순히 자연적 물리적인 힘에 그치는 것이 아니라 도덕적 힘으로 간주된다.

이런 일련의 과정에서 드러나는 것은 수많은 신화란 고대인들이 자연의 이런저런 힘들을 겪으면서 그 나름으로 '이해'하고 '설명'하기 위해 만들어진 것이고, 그

비극과 심미적 형성

러니 만큼 신화에는 인간의 입김이 곳곳에 작용하였다는 사실이다. 자연의 알 수 없는 무수한 힘이 인간에 의해 일정한 체계를 갖추게 되면서 그 나름으로 정리되고, 이렇게 정리된 내용이 인간 자신과 결부되어 인격화되었으며, 사회와 연결되면서 도덕화되는 것은 자연스럽다.(그 뒤에 나타나는 시인이나 서사작가는 신화의 어떤 면을 배제하고 어떤 면은 더욱 창조적으로 활용하였다면, 철학자들은 시인의 이런 창조활동에 우호적이지 않았다. 싸우고 화내고 정욕적인 신들을 그려내던 시인들이 그에게 불경스럽게 느껴졌기 때문이다. 플라톤은, 호메로스의 서사시든 소포클레스의 비극 작품이든, 혹평했다.)

그러나 이것은 시간이 지나면서 차츰 일어나는 일이고, 그리스 비극 작품에는 이런 혼재된 양상이 많이 나타난다. 그러면서 그 혼란은 일정한 질서로 옮아가는 과정 중에 있었다. 이것은 『오이디푸스 왕』의 첫 장면만 살펴보아도 알 수 있다.

『오이디푸스 왕』의 맨 처음 등장하는 무대는 테바이의 궁전이고, 이 궁전의 제단 가에는 울부짖는 여러 사람들과 함께 제우스의 사제가 서 있다. 곧이어 오이디푸스가 등장하면서 왜 이들이 "구름 같은 유향(乳香)을 피우면서 온 도시 전체에서 애원하고 간청하는 노래와 하소연하는 탄식을 하는지"를 묻는다.[8] 이에 사제는 역병이 돌아 죽음이 만연해서 그렇다고 대답하니, 오이디푸스는 처남 크레온을 퓌토(Pytho)에 있는 포이보스(Phoibos)에 보내 어떻게 이 도시를 구할 수 있는지 알아오게 한다. 여기에서 퓌토는 아폴론 신전이 있는 그리스 중부의 소도시 델포이(Delphoi)의 옛 이름이고, 이 이름은 아폴론이 이곳을 지키던 퓌톤(Python)이라는 용(龍)을 죽인 데서 유래한다. 아폴론은 제우스의 아들이고, 그의 별칭인 포이보스는 '정결하고 빛나는 자'라는 뜻이다. 바로 이 포이보스가 오이디푸스 왕에게 신탁을 내린 것이다.

이런 간단한 묘사에서도 몇 사항이 드러난다. 첫째, "유향"이나 "애원하고 간청하는 노래와 하소연하는 탄식"에서 알 수 있듯이, 신화와 제의 그리고 종교는 얽혀 있고, 둘째, 용이라는 말에서 알 수 있듯이, 신화는 전승되는 설화나 전설 그리고 이와 연관된 신비롭고 초자연적인 힘과 얽혀 있으며, 셋째, 아폴론의 별칭인 포이보스가 '정결한 자'라는 뜻에서는 이미 도덕적 의미가 들어가 있음을 알 수 있다.

이런 식으로 신화의 모호한 덩어리는 고대 그리스 비극 작품을 거치면서, 이 작품들에 들어 있는 작가의 해석과 설명에 매개된 채 점차 체계화 – 인간화 – 도덕화되

비극과 심미적 형성

었고, 이 신화로부터 믿음과 사상, 사랑과 질서가 생겨났다. 신화로부터 믿음이 생겨난 것은 곧 종교의 탄생을 일컫는 것이고, 신화로부터 사상이 생겨난 것은 철학의 탄생을 일컫는 것이 될 것이다. 그렇듯이 신화에서 질서가 생겨나게 된 것은 그 의미의 체계 전체가 삶의 명료화 과정 속에 있었기 때문이다.

그리하여 신화로부터 종교와 도덕, 과학과 철학이 생겨나는 분화과정 자체가 복잡한 삶의 질서화 과정이 된다. 그렇다면 신화의 이러한 분화과정에서 비극적 인식이 갖는 의미는 무엇인가?

분화과정은 복잡한 삶의 질서화 과정이 된다

비극적 인식의 의미

비극 작품을 이루는 요소는 물론 여러 가지다. 어떤 사건이 일어나고, 이 사건은 일정한 선택과 결단을 강제하며, 주체는 몇 가지 정해진 길 가운데 오직 하나만 선택해야 하며, 이 선택 속에서 충돌은 불가피하다. 이 충돌은 대개 하나의 정당성과 또 하나의 부당성 사이에 있는 것이 아니라 두 개의 정당성 사이에 있다. 이 사건이 비극적으로 되는 것은 이런 이유에서다.

그러므로 비극적인 것을 구성하는 주된 요소는 어떤 결정의 불가피함이고, 이 결정으로 인한 대립과 갈등이며, 이 대립과 갈등에서 오는 고통이고, 이 고통 속에서 짊어져야 할 죄과와 그 책임이다. 비극의 비극성을 결정하는 핵심적 구성요소는 결정과 대립, 갈등과 고통, 죄과와 책임이다. 이 모든 비극적 요소를 지탱하는 근본 원리는 이율배반 혹은 상호모순이다. 바로 이 이율배반은, 그것이 어떻게 불려지든, '비극적 아이러니'든, 아니면 '비극적 죄과'든 관계없이, 고통스런 상황을 야기한다. 이때 충돌하는 양쪽 가운데 어느 한편이 잘하고 다른 한편은 잘못한 것이 아니라 둘 다 불충분하다. 그러면서 동시에 그 나름으로 타당하다.

ⅰ) 결정의 불가피성 ⅱ) 불가피한 결정으로 인한 대립과 갈등 ⅲ) 대립과 갈등에서 오는 고통 ⅳ) 고통 속에서 짊어져야 할 죄과와 책임

예를 들어 『안티고네』에서 크레온이 폴뤼네이케스의 장례를 불허했을 때, 안티고네는 폴뤼네이케스가 오빠라는 것, 그래서 크레온이 자신을 "가족에게서 떼어놓을 수는 없다"고 항의한다. 그러면서 동생 이스메네에게 "함께 노력하고 행동할지 생각해보라"고 촉구한다.[9] 그러자 이스메네는 이렇게 대답한다.

이스메네: 오, 사랑하는 언니, 우리의 아버지를 생각해봐요! 그가 얼마나 깊은 미움을 받고, 얼마나 나쁜 소문 아래 죽어갔는지! 스스로 발견한 과오 이후 그가 어떻게 자기 손으로 두 눈을 찔렀고, 그다음 그의

어머니이자 아내였던 사람이 ─ 이것은 무슨 말인가요? ─ 어떻게 밧줄에 목매달고 그 생명을 끊었는지를. 그리고 세 번째로 우리 가족인 두 오라버니께서 '같은' 날에 서로를 죽이면서 각자 다른 사람의 손에 죽어갔는지를.

우리 두 사람만 이제 살아남았어요! 잘 생각해보세요! 만약 법을 어기고 왕의 명령이나 권력에 맞선다면, 그 죽음은 그만큼 더 비참할 거예요.

이것 또한 잊지 말아야 해요. 우리 둘은 태어날 때부터 여자일 뿐이고, 그래서 남자들과 싸우는 것은 우리에게 어울리지 않아요. 더 강한 자의 힘이 우리를 지배하기 때문에, 사람은 이 훨씬 못된 명령에 복종해야지요.

그래서 나는 지하의 신들께 빌 거예요. 나를 용서해달라고. 그렇게 하지 않을 수 없어요. 지배자를 따라야지요. 자기 능력을 힘을 넘어서는 일을 하게 되는 자에겐 제정신이 없는 거예요.[10]

이스메네가 언니 안티고네에게 상기시키는 것은 가족의 불행한 죽음이다. 죽은 것은 두 오빠 ─ 에테오클레스나 폴뤼네이케스만이 아니다. 아버지 오이디푸스는 "스스로 발견한 과오 때문에" 자신의 두 눈을 찔렀고, 그의 아내이자 어머니인 이오카스테는 스스로 목을 매달고 죽었다. "왕의 명령이나 권력" 혹은 그 "법"에 맞선다면 죽음뿐이다. 그래서 그녀는 "지하의 신들께는 용서를 구하고", 살아 있는 이 세상의 권력자―"지배자"를 따르고자 한다. 그러나 안티고네는 이런 이스메네의 반발에도 불구하고, "아무리 큰 고통도 비열함 속에서 죽는 것보다 나를 괴롭게 만들지는 않는다"면서 "나는 나의 길을 가겠다"고 선언한다.[11]

다른 나라 군대를 끌고 와서 조국 테베이를 공격한 폴뤼네에케스의 매장을 불허한 크레온의 명령도 옳고, 이 크레온의 명령을 어기고 오빠의 장례를 해주려고 하는 안티고네의 결정도 옳다. 그러나 이 둘은 '불완전하게 옳다'. 그러므로 비극에서 마주치는 정당성은 전혀 무의미한 것도 아니듯이, 전혀 의미 있는 것도 아니다. 그것이 의미 있다면 부분적인 의미이고, 그것이 무의미하다면 무의미의 가상일 뿐이다. 의미와 무의미는, 마치 진리와 거짓처럼, 서로 짝하며 자리하기 때문이다. 인식의 길은 가상에서 진리로 놓여있다. 그러면서 그것은 다시 가상에 이르는 것이기도 하다.

의미와 무의미는 진리와 거짓처럼 서로 짝하며 자리한다

인간은 가상과 진리, 그림자와 참 사이를 무한히 배회한다. 그러나 그럼에도 우리는 대상의 실체와 그 진실을 만나야 하고, 이렇게 진실과 만나려면 대상의 껍질을 벗겨내야 한다. 발터 벤야민은 진리의 추구란 '껍질 벗기기 (Ent-hüllung)'의 과정이라고 말한 바 있지만, 이 탈각화 과정이란 계속적인 물음의 과정이다. 이스메네가 되풀이해서 하는 말도 '잘 생각해보라'는 말이다. 철학은 이 물음의 경로를 잘 보여준다.

그러나 철학에서의 진리추구는 비극처럼 현실의 이율 배반에서 시작하지만, 이 진리는 어떤 깨달음이나 계시에서 온다. 그것은 물론 노력해서 획득되기도 하지만, 대체로 마치 에피파니처럼 갑작스럽게 난다. 프로네시스가 그렇다. 이것은 호머의 서사시에서도 다르지 않다. 호머는 결정으로 인한 갈등이나 고통을 의식하지 않는다.

그에 반해 비극에서의 진리는 오직 싸움과 고통 속에서 추구된다.[12] 이 진실을 위한 싸움 때문에 비극에는, 신화와 종교를 잇는 다이몬적인 운명의 잔재에도 불구하고, 윤리적 성격적 요소가 들어있다고 할 수 있다. (그러나 이러한 비극은 젊은 영혼을 '오염'시킨다는 비교육적인 효과 때문에 플라톤의 『국가론』에서는 추방된다.)

이율배반의 자의식과 자유

비극적 상황을 끌고 가는 것이 모순 혹은 이율배반이라면, 이 이율배반은 주인공에게만 나타나는 것이 아니다. 그것은 『오이디푸스 왕』에서 오이디푸스와 예언자 테이레시아스 사이에도 있고, 오이디푸스와 크레온 사이에도 나타난다. 그렇듯이 『안티고네』에서는 크레온과 안티고네 사이에서도 나타나고, 두 자매인 안티고네와 이스메네 사이에도, 또 크레온과 아들 하이몬 사이에도 나타난다. 그만큼 편재하면서 중층적이다. 이러한 모순은, 안티고네가 자신의 선택이 "성스런 종류의 악행"이라거나, 그녀의 길이 "살아 있는 몸으로 죽음의 골짜기로 내려가는" 길이라고 표현하는 데서도, 확인된다.[13]

그러므로 이율배반은 삶의 전체 속에 뿌리박고 있다고 할 수 있다. 말하자면 상호모순 혹은 이율배반성은 현실의 근본성격이자 사물의 본질 자체로 자리해 있다. 삶에서 확실성과 불확실성이 뒤섞이고, 논리와 비논리가 겹쳐 있는 것도 이런 삶의 근본적 이율배반성 때문이다. 고대 그리스 비극은 바로 이 점─삶의 본질 그리고 존재하는 것의 법칙으로서의 이율배반을 상황의 자가당착적 행동 속에서 탐색한다. 비극과 심미적 형성의 관계를 다루고자 하는 이 글과 관련하여 중요한 것은, 비극적 주체의 이러한 행동에서 어떤 형성의 역학─윤리적 변형과정이 들어있다는 사실이다.

비극적 주체는 인간현실이 모순으로 이뤄져 있음을

이율배반은 삶의 전체 속에 뿌리박고 있다

알지만, 그래서 행동은 처음부터 어떤 한계를 전제하는 것이지만, 그럼에도 그는 계속 움직인다. 그래서 자신의 비루하고 보잘것없는 현존상태를 넘어서서 그 무엇으로, 현 상태와는 다른 그 어떤 질서로 나아가고자 한다. 이 나아감, 아니 나아가고자 함이야말로 자유의 행동일 것이다.

어떤 사람이 주인의 토지관리인으로 살기보다는 육체노동자가 되고자 한다면, 그것은 바로 이런 자유에의 열망 때문일 것이다. 실패의 가능성에도 불구하고 이 삶의 불확실성 속으로 자기 자신을 던지며 결행하는 이 자유의 행동, 이 자유에의 결단이야말로 바로 인간의 인간됨을 구성한다. 바로 이 때문에 비극에는, 샤데발트가 적절하게 지적하듯이, "세계와 삶과 대결함으로써 인간적으로 '진실한' 근본형식이 그리스 사람들에게 점차 더 많이 형성되어 그 독자적 형태를 얻게 되는, 전례 없이 필연적인 하나의 위대한 삶의 운동"이 자리한다.[14]

앞에서 적었듯이, 신화로부터 사상이 분리되는 것이나, 신화로부터 종교가 생겨나는 것이나, 아니면 신화로부터 과학이 생겨나는 것은 시간적으로 거의 동시에 일어나며, 이렇게 일어나는 근본요인은 이런 비극적 인식 때문이다. 비극적 인식 속에서 인간은 자기 자신과 주변세계와 대결하면서 삶의 진실한 형식을 탐구한다. 거기에는 인간적으로 진실한 형식의 가능성을 향한 운동 ─ 나아가려는 의지가 있다. 그 의지란 반성적 의지이고 성찰적 에너지다.

반성적 의지 혹은 성찰적 에너지

그리스 신화의 많은 것은, 적어도 그 의미론적 영역에서는, 아이스킬로스와 소포클레스 그리고 에우리피데스의 작품을 거치면서 축소되면서 사상적/철학적 분야나 신앙적/종교적 분야로, 그리고 이성적/과학적 분야로 분화된다. 그리하여 그 세계는 전체적으로 논리와 언어에 의해 더 명료해지고, 사상적으로 풍요해지며, 그러면서도 좀더 자비로워진다. 여기에 플라톤의 사상은 큰 역할을 할 것이다.

지금까지의 논의는 고대 그리스인들에게 얼마나 오래전부터 인간의 개별적 성향에 대한 관심이 강했는가를 보여준다. 고대 그리스 시대에 자서전의 형식은 없었지만, 그래서 자기 자신에의 본격적 관심은 17~18세기에 들어와서야 이뤄지지만, 그럼에도 주체적인 자기파악과 자기실천의 시도는 아주 오래전부터 있었다고 볼 수 있다. 비록 그것이 근대적 의미의 자의식이나 자유의지에 대한 성찰이라고 말하기는 어렵지만, 그럼에도 고대 그리스 비극에는 인간 개체에 대한 지속적 관심이 있었고,

오늘날과는 다른 표현형식을 갖고 있었던 것이다. 그런 점에서 그것은 근대에 나타나는 여러 종류의 자서전적 기록을 선취한다고 해야 할 것이다. 이른바 '실존미학'과 관련된 푸코의 말년 저작 역시 고대 그리스의 이런 개별적 독자성이 단순히 관심적 차원에서만 서술된 것이 아니라, '주체의 주체화' 과정으로, 말하자면, 주체의 자기 형성의 문제로 인식되고 실천되었음을 잘 보여준다.

'주체의 주체화' 과정은 주체의 자기 형성의 문제이다

우리는 이렇게 결론적으로 말할 수 있을지도 모른다. 아마도 세계를, 이 세계를 깊은 차원에서 인식한다면, 인간은 비극적이지 않기가 어려울 것이다. 세계의 본질을 감지한 자라면, 그는 틀림없이 비극적으로 될 지도 모른다. 거꾸로 비극적 인식은 우리가 선 자리에서, 나 자신과 나 주변의 세계를 새롭게 그리고 기존과는 다르게 바라보게 할 것이다. '다른 인간'과 '다른 현실'의 가능성은 이 새로운 시각과 의식 아래에서 비로소 가능할 것이다. 비극적 인식이란 자신과 그 주변세계를 전혀 새롭게 바라보게 한다.

그렇다면 비극적 인식의 핵심을 이루는 자기에의 관심은 오늘날 어떻게 재구성될 수 있는가? 나는 이것을 헤겔 『미학』에 나오는 파토스 분석과 관련하여, 특히 이 파토스 분석에서 강조되는 성격과 '개체적 독자성'의 문제와 관련하여, 다루어 보고자 한다.

3. 성격형성의 윤리학

주체의 자기형성과 관련하여 자기 자신에 대한 관심을 말하는 것은 사적 자아의 이기적 관심이나 밀폐적 호기심을 뜻하는 것이 아니다. 그것은 자기의 감정에 대한 관심이고, 더 정확하게 말하면, 감정의 정직성에 대한 관심이다. 좋은 감정의 근거를 생각하는 것은 이런 대목에서다.

좋은 감정은 '이성적으로 검토된 감정'—감정의 이성화다. 감정의 이성화. 이성화된 감성은 그 자체로 뜻있는 것이 아니라 개인적으로나 사회적으로 의미있게 작용해야 한다. 그리하여 그 목표는 개체적 독자성이다. 좋은 감정, 그리고 이 좋은 감정이 지향하는 것으로서의 개체적 독자성은 일상의 습관이 되도록 오랫동안 연마되지 않으면 안 된다.

파토스와 '좋은 감정'

원래 파토스(Pathos)라는 말은 동사인 paschein(고통받

감정의 자기정직성—자기의 감정에 대한 관심, 감정의 정직성에 대한 관심

개체적 독자성은 일상의 습관이 되도록 오랫동안 연마되지 않으면 안 된다

비극과 심미적 형성

다, 당하다)에서 나온 것이다. 파토스의 의미는 주로 포이에시스(poiêsis)라는 말과 대조되어 고찰된다. 포이에시스는 '만듦' 혹은 '하기'이고, 동사는 poiein이다. 이에 비해 파토스는 '당하는 것'이고, 그래서 '고통'이란 뜻을 갖는다. 그것은 어떤 사람이 다른 사람의 불행을 들었을 때 수동적으로 받게 되는 자기 자신의 고통이다. 그래서 파토스는, 아리스토텔레스가 『에우데무스 윤리학』에서 썼듯이, 고통뿐만 아니라 기쁨과 관련되는 여러 감정들―욕구나 분노, 공포와 용기 혹은 시기심과 미움 그리고 그리움 등의 비이성적 영역으로 간주되었다.(1105b1-23) 아리스토텔레스 이후 쾌락주의자나 스토아학파 철학자들은 파토스를 성찰로 보완되어야 한다고 본 것은 이런 부정적 측면 때문이었을 것이다. 그들은 잘못된 견해에 바탕하거나 너무 주관적일 때 파토스가 평정심(ataraxia)을 파괴한다고 보았다.

그러나 모든 감정이 나쁜 것은 아니다. 물론 이런저런 감정 때문에 잘못된 견해를 갖기도 하고, 많은 판단이 그르치기도 한다. 하지만 어떤 감정에는 격앙된 면이 있듯이 어떤 감정에는 차분한 면도 들어있다. 그렇듯이 감정의 어떤 부분은 감성적 차원을 넘어 이성적 요소도 가진다.

파토스의 느낌은, 앞서 적었듯이, 1차적으로는 그 무엇으로부터 받는 수동적 느낌이지만, 다른 한편으로 그 감정을 직접 느낄 수도 있다. 이런 경우 '하기'와 '당하기', 즉 포이에시스와 파토스는 존재론적으로 상관적이다. 그리하여 우리는 그 무엇으로부터 파토스를 느끼는 데 그치는 것이 아니라, 능동적으로 가질 수도 있다. 이 직접성, 이 능동적 개입에 이성이 포함되면 더욱 그렇다. 이성이 개입되면, 감정은 좋은 것으로 될 것이다. 이때 파토스는 외적 인상이나 지각의 내용일 뿐만 아니라 사고의 내용이고, 나아가 영혼의 과정이 된다.

헤겔의 파토스 분석은 이런 감정의 긍정적인 측면, 정확히 말해 파토스의 적극적인 면을 더 밀고 나간 경우다. 파토스 개념은 그의 『미학』에 와서 더 이상 비이성적으로 간주되지 않는다. 그것은 과도한 욕구나 충동이 아니라, 오히려 이성적이고 진실한 것을 내포한 것으로 여겨진다. 파토스는 윤리적으로 정당한 것으로 이해되는 것이다.

헤겔이 고대 그리스 비극 작품에 나타난 파토스를 분석하면서 끊임없이 반복하여 강조한 것은 바로 이 파토스의 윤리적 정당성이고, 이 윤리적 파토스가 비극적 주체를 움직이게 하는 근본적 에너지라는 사실이다. 왜냐하면 이 파토스를 통해서 우리는, 비극에서의 인물들이 보여주듯이, 삶의 근본 한계에도 불구하고 이 한계 너머의 영역—더 진실하고 선한 영역으로 나아갈 수 있고, 이 점에서 삶의 고양된 가능성이 실현될 수 있기 때문이다. 이 점에서 파토스는 윤리적으로 중대한 역할을 한다.

결국 파토스 문제에서 핵심적인 사항은 어떻게 '좋은 감정(eupatheia)'을 가질 것인가라는 문제다.(여기에서 eu는 '좋은'이라는 뜻이고, patheia란 '감정'이라는 뜻이다.) 좋은 감정이란 감정만의 감정이 아니라 논리적으로 검토되고 사유적으로 여과된 감정이다. 그 감정이란 이성적으로 구조화되어 있다. 그리하여 그것은 감성적 감성이 아니라 이성적 감성에 가깝다. 이 감정에는 감정 자신을 돌아보는 능력—반성적 능력이 들어있기 때문이다. 결국 좋은 감정은 반성적 감정과 다를 수 없다. 그리하여 좋은 감정이란 감정을 합리화–이성화–논리화하는 것이고, 이 합리화 속에서의 체계적인 논리 부여를 통하여 감정을 도덕적으로 선하게 만드는 일이다. 좋은 감정은 합리적 감정, 그래서 도덕적 선과 이어지는 것이다.

좋은 감정—이성화된 정열로서의 파토스는 그 자체로 머물러선 안 된다. 그것은 인간의 각 개인에게 있어서나 사회정치적으로 의미 있는 무엇으로 작용해야 한

> 좋은 감정이란 감성적 감성을 넘어선 이성적 감성이다. 좋은 감정이란 반성적 감정과 다를 수 없다

다. 그리하여 그 목표를 우리는 여러 가지로 상정할 수 있을 것이다. 하지만 나는 이 모든 것이, 신화로부터 사상과 종교와 과학이 분리되어 나오는 계기로서의 비극적 인식이건, 이 비극적 인식을 구성하는 이율배반의 자의식이건, 아니면 좀더 넓은 의미에서의 자기 자신에 대한 관심이건, 좋은 감정과 파토스의 문제이건, 결국에는 '개체적 독자성'의 연마문제로 수렴되지 않는가 판단한다.[16]

개체적 독자성의 연마

개체적 독자성의 문제와 관련해서도 여러 가지를 말할 수 있으나, 아래에서는 헤겔의 생각에 기대어 두 가지—고통에 대한 연민과 책임의 자발적 수락만 생각해보자. 이 두 가지는 개체적 독자성을 위한 최소조건이기도 하다.

1) 고통에 대한 연민

주체가 행동하는 것은 여러 가지 이념과 가치를 위해서다. 어떤 것은 사랑을 위한 것이고, 어떤 것은 가족이나 국가를 위한 것이다. 그렇듯이 신분이나 교회 혹은 명성이나 우정을 위한 것들도 있다. 어떻든 그 모든 것은

비극과 심미적 형성

일반적인 힘이나 위력으로서 인간의 삶을 지배한다. 그러나 이 모든 힘이 정당하지는 않다. 그것은, 이상적이고 이성적인 관점에서 보면, 반드시 정당하다고 말하기 어렵다.

비극에서 공감을 일으키는 것은 흔히 있는 슬픔이나 고통이 아니다. 물론 모든 슬픔이나 고통은 존중되어야 한다. 그러나 비극에서의 슬픔은 그보다 더 본질적이고 실체적인 것이다. 헤겔은 이렇게 쓴다.

인간이 참으로 두려워해야 하는 것은 외적 폭력이나 그 억압이 아니라 윤리적 힘이다. 이 힘은 그 자신의 자유로운 이성의 규정이자 동시에 영원하여 침해할 수 없는 것이다 (헤겔)

인간이 참으로 두려워해야 하는 것은 외적 폭력이나 그 억압이 아니라 윤리적 힘이고, 이 힘은 그 자신의 자유로운 이성의 규정이자 동시에 영원하여 침해할 수 없는 것이다. 만약 그가 이 힘에 저항한다면, 그것은 자기 자신에게 저항하는 것이다. 공포와 마찬가지로 연민에 대해서도 두 가지 대상이 있다. 그 하나는 흔히 있는 감동, 말하자면 어떤 유한하고 부정적인 것으로 느껴지는 다른 사람들의 불행과 고통에 대한 연민이다. 특히 소도시의 부인들은 그런 걱정을 할 준비가 되어있다. 그러나 고귀하고 위대한 인간은 이런 식으로 동정받거나 위로받길 원하지 않는다. (…) 그에 반해 진정한 동정은 고통받는 자의 윤리적 정당성에 대한 연민이고, 그런 사람에게 있기

마련인 긍정적이고 실체적인 것에 공감하는 일이다. 타락한 인간이나 악당은 이런 종류의 연민을 우리에게 불어넣을 수 없다.[16]

위 인용에서 비극의 행위와 관련하여, 그리고 이 행위를 추동하는 파토스와 관련하여 중요한 사항이 적혀있다. 그것은 진정한 의미의 공감이란 단순히 슬픔이나 불행에 대한 동정이 아니라는 것이다. 그것은 아무러한 힘과 억압에 대한 공감이 아니라 "윤리적 힘"에 대한 공감이고, "이 힘은 그 자신의 자유로운 이성의 규정이자 동시에 영원하여 침해할 수 없는 것"이다. 그래서 "윤리적으로 정당한 것"이다.

그러므로 비극에 대한 공감에는 윤리적인 것과 이성적인 것이 들어있다. 그것은 일시적이고 유한하고 가변적인 가치가 아니라, "영원하고" "침해할 수 없는 것"이다. 그리하여 바른 공감은, 헤겔이 적고 있듯이, "고귀하고 위대한 인간"이 할 수 있다. "진정한 동정은 (…) 고통받는 자의 윤리적 정당성에 대한 연민"이기 때문이다.

이 대목은 강조되어야 한다. 윤리적 정당성을 가지는 것은 고통 자체도 아니고, 연민은 더더욱 아니다. 윤리적으로 정당한 것은 '고통 받는 자'다. 이때 필요한 것은 이

비극과 심미적 형성

고통 받는 자의 윤리적 정당성에 대한 연민이다. 그러므로 바르지 않는 것에 대한 공감은 말의 엄격한 의미에서 공감이라고 말할 수 없다. 또 고귀하고 위대한 인간은 쉽사리 동정 받거나 위로 받길 원하지 않는다. 비극적 공감은 우연하고 변덕스런 가치에 대한 공감이 아니라 높은 불가침의 도덕성 혹은 도덕적 불가침성에 대한 공감인 것이다. 윤리적 정당성이야말로 공감을 참으로 공감다운 것으로 만든다.

비극의 주체 역시, 비극에 공감하는 관객이 그러하듯이, 값싼 동정을 바라는 것이 아니라 자기행위에 대해 스스로 책임지려고 한다. 자기행동에 대한 자발적 책임부여, 바로 여기로부터 자유는 시작한다. "왜냐하면 진실로 '비극적' 행위에서 필연적인 사실은, '개인적' 자유와 독자성의 원리, 또는 적어도 자기 자신의 행위와 그 결과에 자유롭게 자기 자신으로부터 스스로 책임지고자 하는 자기규정이 깨어난다는 점이다."[17] 이것은 비극적 행동에 대한 짧은 규정이지만, 단순히 비극에 대해서만이 아니라 인간의 주체적 행동에 대해, 또 개인의 주체적 행동이 '근대'의 소산인 한, 이 근대적 인간의 근본 성격과 그 의의에 대해 매우 중요한 통찰을 담고 있지 않나 여겨진다.

자기행동에 대한 자발적 책임부여, 바로 여기로부터 자유는 시작한다

근대적 인간을 구성하는 근본 가치는 무엇인가? 그것은 인간이라는 '개체'이고(첫째), 이 개개인이 갖는 '자기규정'의 의미이며(둘째), 이 자기규정은 "자기 자신의 행위와 그 결과에 자유롭게 자기 자신으로부터 스스로 책임지고자 하는" 데 있으며(셋째), 바로 이 자발적 자기책임의 수락에 인간의 자유가 있다는 사실이다.(넷째) 이것은 거듭 강조해야 마땅할 정도로 중요한 헤겔의 전언이라고 나는 생각한다.

2) 독자성 = 책임의 자발적 수락

그러므로 비극적 주체에게는 자기규정의 책임과 자유가 있다. 그는 다른 사람이 아니라 자기 스스로, 또 외부의 어떤 세력에 의해서가 아니라, 자기 자신의 힘으로 자신을 규정하고자 한다. 그리고 이렇게 자기를 규정하는 자유에 대해 책임지고자 한다.

그러나 이 자발적 자유의 의지 때문에 그는 기존의 가치나 질서와 충돌하기도 하고, 몰락해가기도 한다. 비극이 일어나는 것은 그런 이유에서다. 이것은 오이디푸스가 자신의 죄과를 알게 되자 스스로 눈을 찔러 왕위에서 내려오고, 아담과 이브가 낙원에서 추방되듯이, 자기 왕국을 떠나 아무도 없는 곳에서 백발이 된 채 방랑하는 데서도 잘 나타난다. 안티고네 또한 그와 다르지 않다. 그녀는 자발적으로 죄를 짊어짐으로써 내외적 분열을 스스로 해소하고 정화한다. 그러면서도 그녀는 자기에게 형벌을 가한 사람들이 자기보다 과한 벌을 받기를 바라지 않는다. 비극적 결말은 그리 비극적이지 않을 수 있는 가능성 속에서 화해로 변용되는 것이다.

윤리적 파토스　　이 모든 것을 이끌어가는 것은 무엇인가? 그것은 윤리적 파토스다. 그런 점에서 비극적 행동은, 더 자세히 말해 비극적 파토스는 매우 드물 뿐만 아니라 수준 높은 덕성임이 드러난다. 앞서 언급했듯이, 파토스에 자유와 책임 그리고 윤리와 독립성이 들어있다면, 이 덕성들은 저절로 주어지는 선물이 아니다. 오히려 그것은 일평생의 연마 속에서(첫째), 그러나 그럼에도 다수에게 주어지는 것이 아니라 소수에게만 주어지는 미덕인지도 모른다(둘째).

그리하여 독자성은 그 자체로 위대성의 증표가 된다. 이것을 헤겔이 고대 그리스적 이상이라고 여긴 것도 그런 이유에서였을 것이다. 헤겔이 '영웅시대'라고 규정했던 고대 그리스 시대에 소포클레스를 통하여 그런 이상적인 인물상이 나타나는 것은 자연스럽게 느껴진다. 그러나 그 인물들은, 거듭 말하여, '비극적'이었다.

'언제나 더 배우는 자'

헤겔은 "모든 아름다운 것은 그 자체로 더 높은 것에 참여하고, 더 높은 고상한 것을 통해 생겨날 때만 참으로 아름답다"거나, "고유하게 구분짓는 사항은 출생의 차이가 아니라 보다 고상한 관심사와 확대된 교양, 삶의 목적 그리고 감정의 차이라는 전체 범위이고, 이것들이 신분과 재산과 사교계에서의 지체 높은 여성과 하인을 구분짓는다."[18]라고 썼다. 그는 "지체 높은 여성과 하인"을 구분하였고, 또 그 전에 "지체 높은 여성(hochgestellte Frau)"이라고 쓴 것 자체가 어떤 서열화된 신분질서를 전제하는 것으로 보인다. 그 점에서 유감이 아닐 수 없다.

그러나 아름다움이란 "보다 높은 것에 대한 참여"를 통해, 이 참여 속에서 이뤄지는 보다 높은 것의 창출로 말미암아 비로소 아름답게 된다는 것도 분명한 사실이다. 보다 높은 것에 대한 이 참여는 사람과 사람을 참으로 구분짓는 근거가 되기도 한다. 사람을 참된 의미에서 구분짓는 것은 신분이나 재산 혹은 사교성이 아니라, "보다 고상한 관심사와 확대된 교양, 삶의 목적 그리고 감정의 차이"인 것이다.

그리하여 감성을 배양하고 관심을 드높이며 삶의 목적을 확대하는 것은 그 자체로 교양의 핵심 목표라고 할

수 있다. 교양 있는 사람이란 "말하고 행하는 모든 것에
있어 아주 단순하고 자유롭고 자연스럽게 움직이지만,
그러나 그들은 이 단순한 자유를 본래부터 가지고 있는
것이 아니라 어떤 완벽하고 철저한 교육의 결과로서 비
로소 획득한다"고 헤겔은 썼다.[19] 예술교육의 목표는 어
떻게 감성을 연마하고 자신의 관심을 높이며 교양을 확
대함으로써 삶의 목표를 드높일 것인가에 있다. 그러면
서 이런 연마는 결국 스스로 독립적이고 자유로운 개인
으로, 민주사회의 시민으로 살아가는 일로 이어져야 한
다. 이런 과정에서 바탕은 말할 것도 없이 "완벽하고 철
저한 교육(eine vollendete Durchbildung)", 즉 형성의 지속
적 훈련이다. 이 철저한 형성훈련은 인문교육의 핵심이
면서 민주시민교육의 핵심이어야 마땅하다.

그렇다면 남은 문제는 무엇인가? 그것은 좋은 감정
혹은 이성적 감성을 어떻게 배양할 것인가가 될 것이다.
이것은 결국 배움과 익힘의 문제다. 우리는 오랫동안 배
우고 익히는 일의 의미를 다시 생각하지 않을 수 없다.
여기에 대하여 샤데발트는 이렇게 적고 있다.

한 사람이 오랫동안 스스로 배우는 자로서 안다는
것, 그래서, 솔론의 말을 빌자면, 언제나 더 배우는

자로 있는 능력을 가지는 일보다 더 뛰어난 젊음의 특징은 없다. 괴테 또한 그것을 알고 이렇게 말했다. 인간은 가능한 한 오랫동안 제자로, 도제로, 최대한으로 잡아 최고참 도제로 스스로 느껴야지 곧장 선생으로 느껴서는 안 된다. 오랜 배움을 통해 성숙한 작품이 만들어질 토대가 생겨나고, 이 토대로부터 나이가 들어서도 새로운 형식으로 자신을 발전시킬 힘이 다시 자라나온다.[20]

언제나 더 배우는 자로 있는 능력을 가지는 일보다 더 뛰어난 젊음의 특징은 없다 (솔론)

탁월성은 습관으로부터 나온다. 그러나 이때의 습관은 아무러한 습관이 아니라, '잘 길러진 습관(hexis)'이다. 이 좋은 습관으로부터 성격도 나온다. 성격이 헤겔적 의미에서 개체성 속에서 전체성을 일치시킨 것이라면, 개인의 개체성으로서의 성격에는 이미 보편성이 겹쳐있다. 그러니까 성격이란 말의 바른 의미에서 개체성과 전체성이 일치되고, 인격과 보편의 통합된 사례—구체적 보편성의 모범적 사례가 된다. 훌륭한 성격은 그 자체로 보편적 개인의 징후인 것이다.

탁월성은 습관으로부터 나온다

우리가 흔히 하비투스(habitus)라고 부르는 것도 바로 이런 통합된 삶의 태도나 기질, 습관이나 체질과 다르지 않다. 교육이나 연마를 통해 태도와 기질과 습관을 좋게 만드는 것은 곧 "성격덕성(Charaktertugend)의 형성"과

비극과 심미적 형성

정―윤리적 형성과정이 된다.[21]

개체적 독자성 그리고 이 독자성 속에서의 자유는 저절로 오는 것이 아니다. 자유를 말하려면 먼저 책임을 말하지 않으면 안 된다. 이 책임은 두루 느낄 수 있는 능력―공감을 전제로 해야 한다. 이때 공감이란 아무러한 것에 대한 공감이 아니라, 앞서 보았듯이, 고통에 대한 윤리적 공감이다. 윤리적 공감 속에 깃든 진실하고 이성적인 것에 대한 추구의 의지가 파토스이고, 이 파토스를 가능하게 하는 보편적 개인의 인성이 곧 성격이다. 그리하여 이 모든 것은 '배워서 익혀야' 하고, 각 개체가 '스스로 만들어가야' 한다. 파토스는, 주체가 행동 속에서 자신의 감정과 언어와 사고를 표현하고 펼치고 확장해 가면서 조금씩 실현시켜간다는 점에서, '자기형성적'이라고 말할 수 있다. 개체적 독자성의 훈련은 모든 심미적 경험의 궁극 목표인 것이다.

좋은 습관으로부터 탁월함(aretê)이 생겨난다. 이것은 처음부터 주어지는 것이 아니라, 여러 가지 감정을 겪으면서 사건과의 반복적 경험으로부터 조금조금씩 획득된다. 그리고 이렇게 획득된 습관은 쉽게 없어지지 않는다. 그만큼 확고한 것이 되는 것이다. 그러므로 우리는 가능한 한 오래 배우고, 또 오래 배우려는 자로 남아야 한다. 괴테가 말했듯이, "인간은 가능한 한 오랫동안 제자로, 도제로, 최고도로 잡아 최고참 도제로 스스로 느껴야지, 곧장 선생으로 느껴서는 안 된다." 우리는, 『안티고네』의 크레온이 보여주듯이[22], 비참 속에서 부단히 배워야 하고, 다른 한편으로는 신에 대한 경외감을 구비해야 한다.

삶은 그 자체로 교육의 과정이고 배움의 경로가 아닐 수 없다. 우리는 일평생, 태어나서 이 땅을 떠나는 날까지 배워야 하는 것이다. 이런 배움과 반성 속에서 좋은 감정도 나오고, 좋은 성격도 만들어진다. 스토아학파 사람들은 좋은 감정의 세 가지 종류로 '기뻐하는 것(chara)'과 '주의하는 것(eulabeia)' 그리고 '이성적으로 추구하는 것(boulêsis)'을 거론했지만[23], 아마도 이 모든 일에 반성적 사유가 있어야 할 것이고, 이 반성적 사유가 있기 전에 자기 자신에 대한 형성적 관심이 전제되어야 할 것이다.

그 가운데서도 핵심은 자기 자신을 되돌아보는 반성력에 있을 것이다. 그러므로 성격적 탁월성이란 결국 반성적 탁월성에 다름 아니다. 뛰어난 인물에게 정신적 거리감이 견지되는 것도 이 반성적 탁월성 때문일 것이다.(아리스토텔레스가 그의 윤리학에서 삶의 세 가지 기본형

스토아학파에서 좋은 감정이란 ⅰ) 기뻐하는 것 ⅱ) 주의하는 것 ⅲ) 이성적으로 추구하는 것이다. 거기에 대하여 그 전제로 반성적 사유가 있어야 하며 반성적 사유가 있기 전에 자기자신에 대한 형성적 관심이 있어야 한다

식 ─ '향유하는 삶', '행동하는 삶' 그리고 '관찰하는 삶'을 상정했을 때, 이 관찰 혹은 관조하는 삶에서 이 반성력이 가장 잘 드러날 것이다.)

비극에 대한 논의나 파토스론도, 지금까지 보아왔듯이, 결국에는 어떻게 좋은 감성과 좋은 습관을 기를 것인가의 문제로 이어지고, 이런 좋은 감정과 습관을 위해 어떻게 지속적으로 배울 것인가, 배우는 자로 남을 것인가의 문제로 수렴된다. 또 그렇게 '언제나 배우는 자'로 남아 있다면, 우리는 좋은 감정과 감정의 이성성 속에서 심미적으로 형성되고 있다고 말할 수 있을 것이다.

4. 고통으로부터 즐겁게 배우다

오래된 책을 해석할 때는 늘 갖게 되는 생각이지만, 고대 그리스 비극에 대해 적을 때에도 많은 것이 주저된다. 생활과 체험상의 직접적인 증거는 매우 적은 데다가 그 언어는 이미 2500여 년 전의 것이기 때문이다. 그러니 이 해석에 내 사고의 주관성이나 현대적 관점이 들어가는 것을 피할 수 없다. 어쩌면 전혀 엉뚱한 왜곡이 나올 수도 있는 것이다. 고대 그리스 연구자는 먼저 현대적 사고에서 벗어나야 한다고 키토가 말한 것은 그 때문일 것이다.

그렇다고 해도 비극적 주체가 현실과의 충돌 속에서 갈등을 회피하지 않고 정면으로 맞닥뜨린다는 것, 그러면서 공포와 비탄을 그 끝에 이르기까지 철저하게 겪는 가운데, 비록 현실적 힘 아래 파멸하지만, 그 파멸의 과정 속에서 새로운 지평의 가능성이 열린다는 것도 매우 중요한 사실이 아닐 수 없다. 비극적 행동에서 삶은 기존의 형식대로 고착되는 것이 아니라 새로운 형식적 가능성 아래 부활하는 것이다. 새로운 인간의 가능성 그리고 새로운 삶의 가능성은 그다음에 온다.

이 모든 것은 현실과의 고통스런 싸움과 그 인내를 통해 조금조금씩 구축된다. 배움의 길은 이 끔찍한 현실의 비참과 분리될 수 없고, 진리의 인식은 오직 고통을 동반하면서 추구되는 것이다. 이것은 중요한 논의이지만, 그러나 이보다 더 중요한 사실은 없는 것일까? 그것은 삶의 기쁨이라고 말할 수 있을 것이다. 『안티고네』의 한 심부름꾼은 이렇게 말한다.

크레온 왕이 이전에 부러웠지요.
그분은 우리의 카드모스 땅을 적으로부터 구하셨고,

유일하고 무제한적인 지배자로서 왕위에 올라 그 고
귀한 자식들을 자랑하였지요.

그러나 이제는 모든 것이 사라졌어요! 왜냐하면 한
인간이 기쁨을 잃고 있다면, 나는 '그가 살아 있다!'
고 말하지 않겠어요. 그는 몸만 움직일 뿐인 송장이
니까요.

당신의 집에 원하는 만큼 보물을 쌓아두고, 왕국을
가진 군주로 살아보세요! 그 모든 것이 있어도 기쁨
이 없다면, 그 모든 다른 것은, 즐거움과 비교하면,
소음이나 연기와 같은 가치밖에 없으니까요.[24]

그토록 절대적인 두 개의 정당성 사이에서 하나의 정
당성을 선택함으로써 죽어가는 비극적 인간과 그 한계
를 그린 『안티고네』에서 마지막으로 칭송되는 것은 "왕
위"나 "지배"가 아니라 "기쁨"이고, "자식"이나 "보물"
이 아니라 "살아 있음"이다. 이것은 놀라운 일이 아닐
수 없다. 이 작품이 놀랍고, 이런 작품을 쓴 소포클레스
가 놀랍다. 더욱더 놀라운 것은 이 작품이 2,500여 년 전
에 쓰여졌다는 사실이다.

**중요한 것은 삶
의 기쁨이다**

왕위보다 중요한 것은 삶의 기쁨이다. 지배나 권력이
나 보물도 나날의 즐거움―살아 있고 살아가는 즐거움
에 비하면 아무것도 아니다. 그 모든 번지르르한 것은

거리의 소음이나 잠시의 연기보다 나을 것이 없기 때문이다.

그렇다면 우리가 지금까지 말했던 여러 가지 덕성들—안티고네의 비극적 행동을 말하면서 거론했던 윤리적 정당성이나 결단, 품위나 화해, 혹은 개체적 독자성이나 자유는 어떻게 되는 것인가? 이것들은 인간 삶의 근본적 한계 속에서 우리가 견지할 너무도 중대한 자질들이지만, 그래서 그것은 고통 속에서 즐겁게 그리고 부단히 배워야 할 것이지만, 그러나 그것은 삶의 기쁨보다 중요할 것인가? 아마 '그렇다'고 말하기 어려울 것이다. 나는 이 삶의 기쁨이 그 어떤 좋은 덕성보다 더 좋은 것이라고 생각한다.

이 대목에서 나는 헤겔이 말한 "고요의 쾌활성(die Heiterkeit der Ruhe)"이나, "정당한 향유의 정신적 쾌활함(geistige Heiterkeit eines berechtigten Genußes)"이라는 말을 떠올린다.[25] "고요의 쾌활성"이란, 마치 희랍 비극의 주인공들이 보여주듯이, 이런저런 갈등과 분규 때문에 많은 것들을 빼앗기면서도 자기만큼은 잃지 않는 것, 그리하여 운명에의 예속에도 불구하고 자기에게 충실하는 것을 뜻할 것이다. "정당한 향유의 정신적 쾌활함"이란, 1600년대 네덜란드의 장르화에서 나타나듯이, 여러

어떤 경우에도 자기만큼은 잃지 않는 것, 자기에게 충실하는 것!

계층의 사람들이 결혼식이나 술집에서 먹고 마시고 춤추면서 서로 흥겹게 지낼 때의 자유분방함 — 쾌활한 정신 속에서 삶의 기쁨을 정당하게 즐기는 일일 것이다.

이 모든 흥겨움과 즐김의 바탕에는 견인(堅忍)과 절제의 정신이 있다. 이것은 되풀이하여 강조될 만하다. 헤겔은 이렇게 적고 있다.

> 고통과 기쁨을 밖으로 외친다고 하여 음악이 되는 것은 아니다. 고통 속에서조차 탄식의 사랑스런 음조가 그 고통을 관통해나가서 정화해야 하고, 그럼으로써 그런 탄식을 이해하기 위해 그렇게 애써 참을 가치가 있다는 사실이 드러나야 한다. 이것이 아름다운 선율이고, 모든 예술에 있는 노래다.[26]

결국 우리가 배워야 하는 것은, 고통이든 기쁨이든 아무렇게나 소리지르고 외쳐대지 않도록 하는 것이다

결국 우리가 배워야 하는 것은, 고통이든 기쁨이든, 아무렇게나 소리지르고 외쳐대지 않도록 하는 것이다. 이것이 소리 혹은 음성적 차원에서의 일이라면, 이 같은 자제와 견인은 글에서나 행동에서 적용할 수 있을 것이다. 즉 말이든 글이든 감정이든 행동이든, 그 모든 것에서 스스로를 견디는 것, 이 견딤 속에서 부단히 배우며 나아가는 것은 그 자체로 자기형성의 즐거운 길이다.

'일평생 늘 배우는 자'로서 관심을 더 높이고 배움을

확대해가는 길은 그 자체로 독자적 개인으로 나아가는 것 — 책임 속에서 자유를 향유하는 일이다. 이 깊은 향유의 정신성은 좋은 감정의 연마로부터, 그래서 바른 성격을 내면화하는 데서 시작한다. 그것은 또 비극 작품을 읽는 이유이고, 오늘의 산문적 세계현실에서 시적 영혼을 잃지 않는 길이기도 하다.

산문적 세계현실에서도 시적 영혼을 잃지 않는 길

비극과 심미적 형성

아마도 세계를, 이 세계를 깊은 차원에서 인식한다면, 인간은 비극적이지 않기가 어려울 것이다. 세계의 본질을 감지한 자라면, 그는 틀림없이 비극적으로 될 지도 모른다. 거꾸로 비극적 인식은 우리가 선 자리에서, 나 자신과 나 주변의 세계를 새롭게 그리고 기존과는 다르게 바라보게 할 것이다. '다른 인간'과 '다른 현실'의 가능성은 이 새로운 시각과 의식 아래에서 비로소 가능할 것이다. 비극적 인식이란 자신과 그 주변세계를 전혀 새롭게 바라보게 한다.

주석

제1부

1) Sophokles, König Ödipus, in) Antike Tragödien. Aischylos-Sophokles-
   Euripides, aus dem Griechischen v. Dietrich Ebener und Rudolf
   Schottlaender, Köln 2013, S. 250.(소포클레스, 『오이디푸스 왕』, 『소포클레
   스 비극 전집』, 천병희 역, 숲, 2008년, 34쪽) 강조는 원저자. 이하 번역문은
   독문을 참고로 일부 고쳤다.

2) G. W. F. Hegel, Vorlesungen über die Ästhetik III, Werke in 20 Bde(Bd. 15),
   Frankfurt/M. 1986, S. 545.(헤겔, 『헤겔의 미학강의』, 두행숙 역, 은행나무,
   2010, 927쪽) 이하 번역문은 부분적으로 고쳤음.

3) Sophokles, König Ödipus, a. a. O., S. 253. 강조는 원저자.

4) Ebd., S. 256.

5) Ebd., S. 257ff.

6) Ebd., S. 260.

7) Wolfgang Schadewaldt, Die griechische Tragödie, Frankfurt/Main 1991, S.
   276.

8) G. W. F. Hegel, Vorlesungen über die Ästhetik I, Werke in 20 Bde(Bd. 13),
   Frankfurt/M. 1986, S. 234.

9) Ebd., S. 311.

10) Sophokles, König Ödipus, a. a. O., S. S. 261.

11) Ebd., S. 276.

12) Ebd., S. 287.

13) Ebd., S. 292.

14) Ebd., S. 298.

15) Ebd., S. 302.

16) G. W. F. Hegel, Vorlesungen über die Ästhetik I, a. a. O., S. 301f.

17) Ebd., S. 302.

18) Ebd., S. 306. 강조(따옴표)는 헤겔.

19) Ebd., S. 308.

20) G. W. F. Hegel, Vorlesungen über die Ästhetik III, a.a.O., S. 545f.

21) Theodor W. Adorno, Ästhetische Theorie, in) Gesammelte Schriften, Bd. 7, Frankfurt/Main, 1970, S. 344f.

22) G. W. F. Hegel, Vorlesungen über die Ästhetik III, ebd., S. 546.

23) Ebd., S. 547.

24) 이런 점에서 헤겔의 화해개념에는 쉴러적 문제의식이 녹아 있다고 할 수 있다. 쉴러는, 그의 『심미적 교육에 대한 편지』에 나타나 있듯이, 감성이나 충동을 이성적으로 만드는 데 예술교육이 중요하다고 보았고, 심미적 교육의 이런 핵심은 상호대립적 측면의 매개와 화해라고 보았다. 그러니까 '심미적 교양(ästhetische Bildung)'의 과정은 곧 감성의 이성화 과정에 다름 아니다. 예술체험 속에서 정신과 자연, 주체와 객체, 개별적인 것과 보편적인 것, 자유와 필연성은 하나로 되기 때문이다. 사실 헤겔 미학은 칸트와 쉴러 미학의 변증법적 집대성이라고 할 수도 있을 것이다.

25) Christoph Menke, Die Gegenwart der Tragödie, Frankfurt/Main, 2005, S. 97.

26) G. W. F. Hegel, Vorlesungen über die Ästhetik I, ebd., S. 313. 여기에서

논의되는 감상주의적 세계관에 대한 비판은 '아름다움 영혼'이라는 어휘와 결부되지만, 그리고 이 '아름다운 영혼(schöne Seele)'라는 말은 물론 괴테의 『빌헬름 마이스터의 수업시대』에 나오는 한 장(章)인 「아름다운 영혼의 고백」에서 온 것이지만, 그 비판의 초점은 괴테의 이 작품이 아니라 『젊은 베르테르의 슬픔』에 나오는 유약하고 병적인 주인공 베르테르에 놓여있다. 그가 E. T. A. 호프만(Hofmann)이나 클라이스트 (H. v. Kleist)를 저평가한 것도 원래 독특하고 고상한 심정이 어둡고 암울하며 낯설고 병적인 내면성 때문에 왜곡된다고 보기 때문이다. 그에 반해 『빌헬름 마이스터의 수업시대』에 대한 헤겔의 평가는 높은 것이었다.

27) Ebd., S. 314.

제2부

1) G. W. F. Hegel, Vorlesungen über die Ästhetik I, Frankfurt/M. 1986, S. 301.(헤겔, 『헤겔의 미학강의』, 두행숙 역, 은행나무. 2010) 이하 번역문은 부분적으로 고쳤음.

2) Sophokles, Antigone, in) Antike Tragödien. a. a. O. 198.(소포클레스, 『안티고네』, 천병희 역,) 강조는 원저자. 이하 번역문은 독문을 참고로 일부 고쳤다.

3) Ebd., S. 201.

4) Ebd., S. 192f.

5) Ebd., S. 193f.

6) Ebd., S. 206.

7) Ebd., S. 207.

8) 프란츠 카프카의 문학이나 발터 벤야민의 비평이 가지고 있는 어떤 면은 이 '무한한 정의' 개념과 깊은 관련을 맺는다. 여기에 대해서는 졸저 『가면들의 병기창 ─ 발터 벤야민의 문제의식』, 한길사, 2014년. 425쪽 이하 참조.

9) G. W. F. Hegel, Vorlesungen über die Ästhetik III, a. a. O., S. 525.) 그러
니까 파토스는 지상적인 것과 천상적인 것, 세속적인 것과 초월적인 것
을 매개한다.

10) Sophokles, Antigone, in) Antike Tragödien, a. a. O., S. 210f.

11) Ebd., S. 216.

12) Ebd., S. 218.

13) Ebd., S. 224f.

14) Ebd., S. 221.

15) Ebd., S. 209.

16) 그것은, 더 정확하게 옮기면, "현재의 산문적 상태(gegenwärtige
prosaische Zustände)"이다.(G. W. F. Hegel, Vorlesungen über die Ästhetik
I a. a. O., S. 253.) 여기서 '산문적(prosaisch)'이라는 말은 무엇보다
'(Poesie)'에 대립되는 말이고, 따라서 '시나 환상이 없이 지루하고 무미
건조한'이라는 뜻으로 보면 된다. 따라서 삶의 산문적 성격은, 넓게 보
아 1750년대 서구의 근대화-산업화-도시화 이후의 현대의 일반적 성격
이라고 볼 수 있다.

17) G. W. F. Hegel, Vorlesungen über die Ästhetik I, a. a. O., S. 335ff.

18) Ebd., S. 236ff.

19) Ebd., S. 208f.

20) Ebd., S. 210.

21) Ebd., S. 223.

22) H. D. F. 키토(박재욱 역), 『고대 그리스, 그리스인들』(1951), 갈라파고
스, 2008년, 91, 93쪽

23) Wolfgang Schadewaldt, a. a. O., S. 275. 샤데발트에 의하면, 사람이 운
명으로부터 빠져나올 수 있는가 없는가에 대한 물음은 19세기 초반에,
특히 낭만주의자들이 가졌던 정신 혹은 성찰의 무기력이란 문제와 관
련하여, 중요한 역할을 하기 시작했다고 얘기된다. 절대적 예정사상에
대한 생각도 이 무렵 생겨난다. 운명적 강제와 관련하여 사용되는 '아

난케(anánke)'라는 말은 '운명적 필연성'이라는 뜻도 갖지만, 그보다는 '논리적 필연성'에 더 가까운 것으로 이해된다. Christoph Horn/Christof Rapp(hrsg.), Wörterbuch der antiken Philosophie, 2. Aufl. München 2008, S. 40.

제3부

1) Wolfgang Schadewaldt, Die griechische Tragödie, a. a. O., S. 191.

2) H. D. F. 키토(박재욱 역), 『고대 그리스, 그리스인들』 115쪽

3) Sophokles, Antigone, a. a. O., S. 218.

4) H. D. F. 키토(박재욱 역), 『고대 그리스, 그리스인들』, 150쪽

5) 위의 책, 147쪽

6) Wolfgang Schadewaldt, a. a. O., S. 191.

7) 이 두 가지 문제도 아주 복잡한 것임은 더 말할 나위도 없다. 하지만 그리스 비극의 기원과 발전과정을 쫓아가게 되면 묻지 않을 수 없고, 또 자기 나름으로 정리하지 않을 수 없는 중요한 문제이기에 아래의 두 책을 읽고 그 생각을 정리하고자 한다. H. D. F. 키토, 『고대 그리스, 그리스인들』, 295쪽 이하; Wolfgang Schadewaldt, a. a. O., S. 56ff. 참조

8) Sophokles, König Ödipus, in) Antike Tragödien. a. a. O., S. 245.

9) Sophokles, Antigone, in) Antike Tragödien. a. a. O., S. 192.

10) Ebd., S. 192f.

11) Ebd., S. 194, 193.

12) Wolfgang Schadewaldt, Die griechische Trag die, a. a. O., S. 60.

13) Sophokles, Antigone, a. a. O., S. 193, 225.

14) Wolfgang Schadewaldt, Die griechische Tragödie, a. a. O., S. 65.

15) 헤겔은 그의 『미학』의 곳곳에서 '개체적 독자성(die individuelle Selbständigkeit)' 혹은 '독자적 개인(selbständige Individuum)'이라는 말로 고대 그리스적 영웅을 특징짓는다.(G. W. F. Hegel, Vorlesungen über die Ästhetik I, a. a. O., S. 236, 255, 290, 299.) 영웅이 소포클레스 비극에

나오는 인물의 주된 유형인만큼, 그것은 비극적 주체와 그 행동을 추동하는 '파토스'와 '성격'의 특성이기도 하다. 그렇다는 것은 개체적 독자성이란 단순히 비극적 주체에 한정되는 덕성에 그치는 것이 아니라, 이 위대한 비극들이 보여주듯이, 인간 삶의 근본한계에도 불구하고 한계 너머의 가능성을 추구하는 윤리적 이성적 인간의 일반적 덕성이어야 한다는 것을 뜻한다. 독자적 개인 그리고 이런 실존의 독립을 위한 자유와 책임의 훈련은 오늘날 민주시민교육의 핵심이어야 마땅하지 않을까 여겨진다.

16) G. W. F. Hegel, Vorlesungen über die Ästhetik III, a. a. O., S. 525. 비극적 주체란 '윤리적 정당성'을 가진 주체라는 주장은 헤겔의 비극분석에서 가장 중요한 핵심이 아닌가 여겨진다. 그리하여 윤리적 정당성"이라는 말 이외에도 "윤리적으로 정당한 파토스"라는 말도 나온다. 각각 543쪽과 546쪽, 559쪽

17) Ebd., S. 534. 강조는 헤겔.

18) G. W. F. Hegel, Vorlesungen über die Ästhetik I, a. a. O., S. 15, S. 274.

19) G. W. F. Hegel, Vorlesungen über die Ästhetik II, Bde. 14, a. a. O., S. 247.

20) Wolfgang Schadewaldt, Die griechische Tragödie, a. a. O., S. 196f.

21) Christoph Horn/Christof Rapp(hrsg.), Wörterbuch der antiken Philosophie, a. a. O., S. 333.

22) Sophokles, Antigone, a. a. O., S. 238. 아들 하이몬이 죽고 나서 크레온 왕은 이렇게 외친다. "슬프도다. 나는 불행 속에서 배웠나니!"

23) Christoph Horn/Christof Rapp(hrsg.), Wörterbuch der antiken Philosophie, a. a. O., S. 162.

24) Sophokles, Antigone, a. a. O., S. 234.

25) G. W. F. Hegel, Vorlesungen über die Ästhetik 1, a. a. O., S. 209, S. 223.

26) Ebd., S. 210.

찾아보기

개념어

비극과 심미적 형성

비극과
심미적
　형성

2018년 6월 25일 1판 1쇄 박음
2018년 6월 30일 1판 1쇄 펴냄

지은이 문광훈
펴낸이 김철종 박정욱
책임편집 김성은　**디자인** 이정현　**마케팅** 오영일 김지훈
인쇄제작 정민문화사

펴낸곳 에피파니
출판등록 1983년 9월 30일 제1-128호
주소 03146 서울시 종로구 삼일대로 453(경운동) KAFFE빌딩 2층
전화번호 02)701-6911　**팩스번호** 02)701-4449
전자우편 haneon@haneon.com　**홈페이지** www.haneon.com

ISBN 978-89-5596-850-7　04890

이 도서의 국립중앙도서관 출판예정도서목록(CIP)은 서지정보유통지원시스템 홈페이지
(http://seoji.nl.go.kr)와 국가 자료공동목록시스템(http://www.nl.go.kr/kolisnet)에서
이용하실 수 있습니다.(CIP제어번호: CIP2018019445)